致青春
中国青少年成长书系

我有所念食，
隔在远远乡

时潇含 著

中国大百科全书出版社　知识出版社

图书在版编目（CIP）数据

我有所念食，隔在远远乡 / 时潇含著. -- 北京 ：
中国大百科全书出版社，2020.6
（致青春·中国青少年成长书系）
ISBN 978-7-5202-0761-4

Ⅰ．①我… Ⅱ．①时… Ⅲ．①散文集—中国—当代
Ⅳ．①I267

中国版本图书馆CIP数据核字(2020)第083168号

我有所念食，隔在远远乡　　时潇含 著

总 策 划	刘国辉
策 划 人	姜钦云
产品经理	朱金叶
责任编辑	张京涛　朱金叶
装帧设计	张雅蓉　吴 丹
插图设计	张 婷
出版发行	中国大百科全书出版社　知识出版社
地 址	北京市西城区阜成门北大街 17 号
邮 编	100037
电 话	010-88390659
印 刷	阳信县卓越盛达印务有限公司
开 本	650mm×920mm 1/16
印 张	15
字 数	180 千字
版 次	2020 年 6 月第 1 版
印 次	2020 年 6 月第 1 次印刷
印 数	1—10000 册
书 号	978-7-5202-0761-4
定 价	39.80 元

泥酒只依然

中国大百科全书出版社和知识出版社要出版一本《我有所念食，隔在远远乡》，作者是时潇含。编辑告诉我，这是一位21岁的小姑娘，请我一定读下她的文章。翻阅了她的书稿，一股有滋有味的生活气息扑面而来。这是一本记录生活悲喜剧的"美食记"，在寻觅、制作、享用、回味美食的过程中，体味五味杂陈的心绪、确立直面人生的态度。

文坛一直有通过美食寄寓情感的传统。"随园先生"袁枚著有《随园食单》，论诗、论味，赋予了食物哲学美学的高度。《随园食单》不止成为"饕客"们奉为至宝的经典，也彰显了一代文人的处世立场，影响绵延至今。兼有作家、美食家之名的汪曾祺先生，也把美食作为生活最重要的事，不少朋友在回忆起汪老时，都写到了他对于食物之敏感，对于"吃"这件事情纯粹且不容随意的态度。正如他所写的"人生忽如寄，莫辜负茶、汤、好天气"。而他的作品中，更随处可见关于美食的笔墨，可见《人间草木》《旅食小品》等。日本一代文豪谷崎润一郎，被人称为"食魔"，无论《细雪》《春琴抄》《刺青》等作品，均可散见这位对"吃"已经执著到极点的人，不遗余力描述美食的段落。而更极致的是，这位"食魔"，最后也是在八十岁生日派对上大快朵颐之后，突然去世的。更不必提历代文学大家们，均在作品中对"吃"情有独钟，无论中华，无论海外，数不胜数。

时潇含显然读懂了前辈们的怀思，那些沉淀在食物中的曾经的味道，都蕴含了不忍遗落的回忆。所以，人们会故地重游，会重温熟悉的味道，会千方百计找来食谱，做一道有着哪里的味道的菜肴。时潇含的这本书，是一个年轻姑娘，关于家乡美食及旅行四方所享美食的真实记录。对于年轻人来说，旅行早已是大众化的时尚，在旅行中形成感悟，也不再新鲜。但时潇含却用自己独特的视角，表达了一种洒脱又认真、随缘又入世的人生态度。她去了江西、山东、湖南、四川、重庆、香港等地，描述了四方食事，有家乡的各种小吃，如定山蒸米粑、定山豆粑、丑红薯粉、吉安婆子炒粉、厦坪早酒、糍粑；也有家乡之外的各种味道，如海南的清补凉、成都的甜水面、香港的鱼丸、俄罗斯的烤鱼、美国的炸鸡披萨。读下来，你会发现作者很少写那些富丽堂皇的大酒店的吃食，反而一头钻进街头巷尾，寻找地摊上的人间烟火气。

当下快餐文化盛行，微博、微信，甚至抖音，随时随处为年轻人提供了表达自己的平台和土壤。但是快节奏的表达方式，又成为人们深度思考与持续思考的阻碍。作为一个一直在坚持写作的年轻人，时潇含没有屈服于快餐文化，她不止用相机记录，用片段的文字记录，同时形成了自己的文字风格，有着这个年龄特有的轻灵俏皮。例如她描写初到重庆，朋友们为她所做的攻略："1. 山坡上吃火锅；2. 荷花池边吃火锅；3. 防空洞里吃火锅；4. 长江边吃火锅；5. 船上吃火锅；6. 离住的地方近的店里吃火锅。"活脱脱写出了火锅早已是重庆人骨子里的食物，重点在于"一口南方的山清水秀"，吃的是风景、心情，有趣的文字跃然纸上，有趣的灵魂也互相碰撞。

《我有所念食 隔在远远乡》有它的风格与特色，一个"念"字，写出了对于"远"方的情与思，也有作者对于"吃"文化的执念。我们也期待，作者能在此风格的基础上，走得更远。

周明

中国散文学会会长，原中国现代文学馆馆长

目 录

第二辑

第三辑

口腹之欲

第四辑

静水流深

第五辑

独味孤行

在脾胃里，我们都是怀旧的人，义无反顾地追寻故乡。

因为寻找的味道，往往在味道之外。

第一辑

人间烟火

我有一时，曾经屡次忆起儿时在故乡所吃的蔬果……他们也许要哄骗我一生，使我时时反顾。

——鲁迅

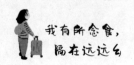

定山吃饭日记

许多年以后，当你为浓油赤酱宠坏了的舌头而感到沮丧时，一定会想起那个在老家盛出一碗老母鸡汤的遥远下午。也许你对大鱼大肉司空见惯之后，已经丧失了惊喜的能力，但是你无法拒绝被一碗猪油蒙住头脑的快乐。

作为一个半途而废的历史爱好者，十分惭愧地说，我对定山的过往所知不多。毕竟我家是个在地图上一片空白的地方，甚至村里的孩子读到四年级，就只能转学到其他村子的学校，因此整个村子的读书人都在努力攻读小学学位。这里的历史故事大多藏在经年累月被熏得漆黑的灶台油垢里，难见天日。

一个没有在老家生活过的人，空讲童年与回忆是很流氓的。这里没有我的童年，更不存在云山雾罩的过去。我也只是听人说过，几十年前这里还有随处可见的野百合，还有猎户枪下的麂子和獐子，但这都是十分遥远的。我所看到的不过是褐色飞檐配着罗马柱、洋不洋土不土的小平房组成的新农村。

这里只是如和菜头所说："每年春节，你下了飞机火车，就距离这样的地方近一点；你换乘大巴，朝着电线越来越稀疏的地方前进，就距离这样的地方更近了一点；你发现天空不再被大厦遮蔽，空气中开始有燃烧柴草的味道，路面从柏油变成水泥，墙面上的花岗岩消失，瓷砖越来越多。"这的确

🌿 蔬菜 有一瞬间我望着如此富饶的厨房，感觉看到了鱼米之乡的真实写照

是一个叫人理直气壮把一年的大鱼大肉都在几天之内补充回来的地方。老家，早已成为我心中物产丰饶的代名词。

回家的感觉从一阵鸡飞狗跳中开始复苏。邻人送来了土鸡、野鸭、家豚、甲鱼和自家鱼塘的泥鳅。美好伴随着动物们的尖叫纷至沓来。面对桶里的五只甲鱼、二十几只螃蟹，我开始发愁到底怎么吃完。篮子里刚刚从后院地里摘下来的辣椒、豆角、扁豆在高温下开始发酵。

有一瞬间我望着如此富饶的厨房，感觉看到了鱼米之乡的真实写照。

其实老家做饭很糙，一来二去不外乎那几板斧，味觉完全返璞归真。但是架不住土鸡在锅里熬煮个把小时就浮起了厚厚一层黄澄澄的油脂，动辄上十斤的笨冬瓜被柴火蒸出了很多柔软的小情绪，去年丢在地里的南瓜籽今年结出了七八个歪瓜裂枣的丑南瓜。丑是丑，但是粉粉糯糯的，很温柔。

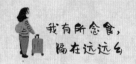

炒芝麻 芝麻和米糖有着难以割舍的情缘

从泥塘里摘的野菱角，黑中带青，扒开淤泥，才能见到里面的脆肉，又苦又涩，但是咽下去之后有回甘。从地里刚拔出来的凉薯，切片用猪油渣炒好吃，但是老饕都直接生吃，就是要吃纯粹的、使劲咀嚼过后的泥土香。

每一种食材都以身作则，变成美味的模范。

很多时候，把一个下午的时间浪费在筛芝麻上，听着簸箕哗哗地响，芝麻在上面抛起又落下，散落一地。筛子唰唰地晃，老弱病残纷纷滚落。然后坐在地里慢慢挑，一地的芝麻花伴随着腰酸背痛的晚上，却也是无比满足的寻常欢喜。

早上吃的"90后"必备防秃头芝麻粉，不是从超市里长出来的。挑完良莠不齐的芝麻后，一粒优秀的农村芝麻才走完了进城的一半路程。它们还要在阳光下晾晒一整天来变得轻盈，在大铁锅里翻炒到焦香扑面而来之后，耐心等待，冷静下来。用碾子碾碎，拌上白糖，装进两层大红色塑料袋里，才算走完人生道路。

几天之后，它们会被送到远在他乡的亲朋好友的早餐桌上。面对一碗这样的芝麻糊，请拒绝平庸的鸡蛋牛奶，用蜂蜜和温水陪伴它们，竹筷顺时针转动三圈，逆时针转动三圈，让它们庄严地完成使命。喝完之后，先感慨一番故乡土壤滋养的作物味道醇厚，然后记得漱口。

芝麻和米糖有着难以割舍的情缘。炒熟的芝麻放在锅里，炉膛里不要放柴火，趁着余温还未散去，把米糖埋进去，等待它的表面逐渐柔软，与芝麻难分难舍。然后快速翻炒米糖，直到将要可以拉丝，却又还能保持形状的程度，就可以趁热吃到飘香四溢的芝麻米糖了。

这在外面几乎是不卖的，因为非要在厨房里摸爬滚打数十年的老掌勺，才能控制好每一步的火候。而且在三斤芝麻能换一只老母鸡的年代，能在不是逢年过节的日子里，面不改色地吃一块烫手的芝麻米糖，是相当高调的炫耀。

之前夏天筛绿豆的时候，也是把豆荚晒干，放在簸箕上，在上面没心没肺地又踩又跳，让绿豆都从豆荚里滚出来。然后大师傅上场展示深藏不露的多年修炼——簸绿豆。沙石谷壳片甲不留。然后我又能独享一整个下午的挑绿豆时间。

说实话，这不是什么很有意思的事，但是为了能在一锅煲得面目全非的绿豆沙出锅时，理直气壮地舀一大碗不带汤水的豆沙，这都是值得的。

我还看到了特别感人的一幕，邻居抓来的一只小母鸡——一只小交际花——它在筐子里烦躁地咯咯乱叫，不停地扑腾翅膀，竟然唤来了一只大公鸡，大公鸡久久绕着筐子徘徊，不愿离去，甚至不断地啄着藤条，怎么赶都不走。

一般来说，现在我应该说自己受到了感召，顿生天人合一之感，放下屠刀，掀开篓子放走母鸡，望着它们并肩离去的背影，对着西沉的斜阳泪流满面，感叹世间情为何物，发誓再也不碰肉食。但是我没有。

我衷心地赞美晚饭餐桌上的一盘鸡肉，它鲜美多汁，调味恰到好处，肉质细腻紧致，黯然销魂。这就是浪漫主义在农村生活面前的际遇。我们依然饱含深情，但是比起虚无缥缈的汪洋恣肆，在这里，朴素的满足更受到偏爱。

农村里对食物有着惊人的尊重，当我看到满架子的豆角和满枝子红彤彤的朝天椒的时候，血液里对土地的热爱，让我不能停下双手，颤抖地把它们

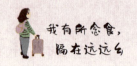

放上我的餐桌。因此我们会关心每一只待宰的鸡是不是要喝水，饿不饿。这几乎与人道主义关怀没有关系，只是我们要守护好餐桌上的肉。

古人云："食色，性也。"口腹之欲是我一直的追求。错过一盘操之过急的寡淡甲鱼，比错过一次日出日落更不可饶恕。农村的星星月亮，是给城里人看的。农村的孩子抬头，看到的是明天晒谷子翻不翻面儿。热闹非凡的炒芝麻糖，甜蜜芬芳的芝麻糊背后，也有因为几个小时翻动锅铲而磨出水疱的手，每一片完美金黄的锅巴身后，都有一张在炉膛后烧火、满头大汗的面孔。

往真正的农村最深处走，也有着难以料想的苦难与贫穷。有许多人漂泊在外，因为思乡之情最后还是重返田野。但是，我们这些回不去的人，只能是无休止地想念。

对于以前的我来说，这是一个不适合离别的地方，因为离开的时候，我甚至不知道要留恋什么。但是老家总是蹲坐在门口，静静地守望。这种关乎味道的羁绊如此深刻，以至于无论走多远，我总要回到这片柔软磊落的土地。

锅巴的江湖

随着暑假在深圳储存的优质脂肪，在北方短到不能回头的秋天中消失殆尽，我被空投到定山老家，重置体重。

一粒大米，从种子开始，要走多远，有多少热爱，才能走到锅巴的神坛？面对一碗锅巴的时候，我不会矫情到热泪盈眶，但是我心中充满温柔的敬意。

在他乡待得越久，对自己身份的概念就变得越模糊，从小到大，我在老家度过的时间零零散散加起来不过几十天，但是老家总是以各种方式出现在深圳的饭桌上。

不论是外地人闻所未闻的蒸米粑、豆粑、地菜、米糖，自家种的绿豆、芝麻、桃子和橘子，还是在农村的烈日下自由蹦跶了一年的健硕土鸡和豚（番鸭），包括自家酿的醪糟，甚至还有用自家种的棉花弹的棉被和亲手种的油菜籽榨的菜油。老家，就这样莫名地与少年的欢乐纠缠到一起。

老家的生活很惬意，养了一两年的老母鸡随处可见，挂在枝头的豌豆吃不完只能喂猪，水塘里的甲鱼、螃蟹、黄鳝都是意外之财。一个山头的柿子树径自开花结果，径自零落。后山上的樟树是用来烧火的。往往一点起火来就有扑面而来的樟树香，用几根木条就能烧出一锅漂亮的锅巴。

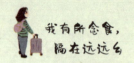

🌱 蒸饭 嘴里的一场小烟花

铁锅烧柴火饭，是大掌勺不可触碰的骄傲。喜欢吃干饭就要用旧米，但是新米的米汤更醇香。刚刚蒸好的时候，锅巴还处于"褪褓"中的蒙昧状态，再等一会儿就会变得金黄酥脆，但是也可以把饭整个翻过来，先吃掉锅巴，再用铁锅的余温把大白米饭烘烤出一层薄薄的焦壳。

人在面对一锅柴火锅巴的时候，应当有拒绝零食和饮料的觉悟。长期的漂泊生活，不仅让我习惯了在巨大的城市里被挤成沙丁鱼罐头，也对味道越来越宽容。在阳光下生长出来的食物，能被做得那么难吃，需要一点得天独厚的天分。

但是锅巴的余地比别的食物更大些，万一失手了，做得用力过猛，大可以把上面的饭铲干净，将米汤倒在锅巴上，煮到水刚刚沸腾，立刻盛起来，用力咀嚼米饭的筋脉，柔中带刚，焦香四溢，每一粒从夏季走到秋季的米粒，都变成了嘴里的一场小烟花。

锅巴的焦脆在嘴里崩碎的声音，击碎了游子心中长久的疏离与防备。用蔡澜的话说就是一直吃到可以从耳朵里面流出来，才能勉勉强强停筷子。

而且南方还存在北方人不曾考虑过的早米和晚米的区别，很严肃地说，这很重要。它们吸收的每一天阳光，在铁锅里都不会被辜负，而我们仔细地咀嚼，也都能挤压出任何一个阴天的孤寒。

　　我叔叔郑重其事地告诉我，新米比旧米好吃，晚米比早米好吃，铁锅煮的饭比电饭煲煮的好吃。炉膛里撒满时间的灰烬时，锅里的米饭吸饱了米汤，才能生长出金黄的锅巴。事关乡愁，相当严肃。

　　连大米都是自家水田里的，粮食有富余的时候，就让时光将它们尘封为甘甜的米酒。每年收了油菜籽和芝麻之后送到工场去榨油，收了棉花，就攒起来弹成棉被。路过邻居家的桃园，打个招呼就能摘下一筐桃。

　　不管谁家杀了年猪，当天晚上邻居家都能用肥肉炸出猪油，炒出喷香的菜。有人挑着扁担沿街叫卖小鸡仔，买回家让它们无忧无虑地乱窜飞奔，生龙活虎，矫健又肥美。

　　后院种出来的扁豆是清甜的，地里的大白萝卜煲出来的大骨汤清新寡淡，却又让人回味无穷。

　　这里的阳光是不同的，皮薄油多的芝麻晒得通透，井水在最炎热的夏天依旧冰凉。每当回到这里的时候，不管离家日久后有多么生疏，依旧能听到几乎没有排风能力的排风扇嗡嗡作响，厨房里弥漫着葱油爆出的菜香。

　　这里的炉膛是滚烫的，黑夜是漫长的。

事关乡愁，相当严肃

该吃豆粑了

再等不久，到了冬月，就到做豆粑的时间了。于此，好像我生命中所剩的只有耐心一样，等家里做好的豆粑远征到我的餐桌上，已经是一个月之后的事了。

漫山遍野喝了蜜的大柿子，还有残兵败将挂在枝头，冬天就来了。这个时候尤为想念早上被一碗炒豆粑结结实实一拳打进胃里的满足叫醒。

冬天里没有豆粑，日子就过得有点艰难。每一个饥饿难耐的夜晚，都是豆粑的天敌。

我对冬天的触觉是从豆粑开始的，豆粑一定要在冬月做。将晚稻米泡一个晚上，等到早上的时候，米粒已经挨挨挤挤，膨胀了起来，和绿豆、大豆一起放到石磨里，在水的调和下磨碎。家里有一个磨面的石磨，早已闲置多年了。

想起那洁白干净的米浆，这就是平淡冬日的火花和美好。我喜欢多放些绿豆，和面粉拌起来之后还能保持粗糙厚重的质感，尤其是煎出了焦壳之后，还有咀嚼的快乐，那是一粒米的厚度。

拌好的米浆，放到锅里煎熟，摆脱蒙昧状态。要是当时就吃，就煎两面；

要是还有一场远征等待着它们，就只煎一面。还有些吃法，连我姑姑都十几年没有吃过了，我更是见所未见。很简单，将米浆两面煎黄成饼，把姜和辣椒在油里一爆，加上酱油，浇上去就好了，吃的就是个简单。穷虽穷，不废风雅。

登上我远在上千公里之外的餐桌的，是另一种做法。将米浆一面煎黄，盛在大簸箕里晾晒，凉了之后，切成条状。成形的豆粑在冬天的冷风和烈日下收缩、卷曲，直到瘦得发皱。这样可以留很久。以前家里每年都要用一百多斤米，做五六个蛇皮袋的豆粑，把它们送上通往全国各地的飞机火车，告慰远方的游子。

但是往往到三四月，家中的存货就告罄了，因此一吃到豆粑，我就会想起冬天的冷风来。

我爸是豆粑的原教旨主义者，坚持要吃最简单的蛋和肉末炒豆粑，起锅之前放上一把青菜。一定要用土鸡蛋，洋鸡蛋和土豆粑沟通不来。

对于鸡蛋来说，豆粑和银鱼不分高下，都顺理成章。一只鸡蛋产生的迷幻效果，胜过一切味精的邪门歪道。好就好在肉有肉味，蛋有蛋味，豆粑有谷物的味道。

最好能炒得焦一点，带一点脆脆的焦壳，要是能淋一勺猪油，这种世间最幸福的胆固醇，叫人吃完觉得天地一宽。

一锅炒得好的豆粑宛有高尚的情操，会产生令人窒息的敬意。河粉、粿条和豆粑不一样，它们没有乡下谷物粗糙坚韧的灵魂，炒完之后放久了，一碰就断，没了精神。即使早餐时做好的豆粑，冷了之后放在米饭上蒸一下，到了中午还是一样有嚼劲。

每次我都能从吃得满嘴流油的样子中，看到某种属于农村的美德。

干豆粑吃之前要泡很久，不然总是夹生的，但是它们值得。我有一次偷懒，直接放了一把豆粑在滚水里，还自作聪明放了几块荔浦芋头，按说怎么都不

会不好吃的两样东西放在一起，味道不会差，结果竟然能那么难吃，也算是一种了不起的本领了。完全是胡闹，难吃得令人怀念。

传统的好食物，还是要按规矩来。经过磨制、晾晒还有上千公里的奔波的豆粑，不差一时半会儿的等待。

有豆粑的早晨，胃口好极了。

想吃蒸米粑

说到定山的美食头牌，非蒸米粑独步不可。吃蒸米粑不分季节，在老家的街上每天都能吃到。用饭盒从大蒸笼里盛出来几个软软糯糯的小白胖子，带回去就是一顿结结实实的早餐。

在深圳，吃蒸米粑反而变成了一件不容易的事，对我来说，没有蒸米粑的地方，都是他乡。只能去朋友的饭店里才能吃到正宗的蒸米粑。潮汕粉果和蒸米粑多少有点相似，因此许多店里的米皮多少有点广东改良的味道。

潮汕粉果固然是好的，但是乡愁还是由不得乱来。

因此，蒸米粑只能自己在家做，一般都是在中秋节前后。和中秋节大约是没什么关系的，不过是因为中秋节豆角成熟了，虽说现在一年四季都能吃到豆角，但是合乎时令的东西，入口总是更有味道些。

一个好的蒸米粑所求的，不过是面皮有米之醇厚，肉有肉之香，

冬瓜 合乎时令的东西，入口总是更有味道些

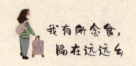

🌿 芝麻 我拿碾子碾过芝麻，弯腰驼背不到一个小时就汗流浃背了

豆角有豆角之鲜。蒸米粑是可以包宇宙的，但是一般还是中规中矩包粉丝、豆角、肉末的多，至多再放点辣椒。

蒸米粑，顾名思义，就是把大米蒸熟做成粑，其中最难的一步是做米皮。最好用晚稻，洗干净之后在锅里炒到半熟，也就是中间隐隐约约还剩一点白心的时候，盛起来拿石磨碾碎。

城市的厨房里没有石磨，一开始为了解乡愁，只能拿擀面杖擀碎，后来改成用碾子碾碎，都是很费力气的。

我拿碾子碾过芝麻，弯腰驼背不到一个小时就汗流浃背了，碾出来的芝麻在搪瓷盆里都不冒尖。在有集体惰性的城市，现在可以直接买到机器磨的大米粉，只是和手工磨出来的终究是不一样的。炒完后再手工磨出来的米其实是有潮气的，并不会成为粉，只会被搓成一条条的，虽然丧失了细密的口感，但是同时也保留了更多米粒的本色。

这与商店里买的调味盐都是死盐是一个道理，细腻和纯粹也意味着丰富味觉体验的丧失，往往要粗颗粒的岩盐和海盐，在加热之后磨碎，才更能激发风味。

磨出来的条条加水和一点点油盐，揉成光滑的小圆球，压扁成小鼓一样的小圆饼。一般来说，这是我的工作，毕竟除了吃，我会的并不算多。然后把米饼两边沾一点油，放在粑架上，压成一张周正的米皮。

其实，真正做起来比说起来难一点，力太大了，米皮包裹不住馅，往往还没有上蒸笼就破了。力气太小，小米皮又太厚了，包不了多少馅不说，皮厚了，味道未免寡淡，一口下去像吃了一块实诚至极的年糕，也不太有意思。

另一边要着手准备馅料，四平八稳的馅料是豆角、肉末和粉丝，听说还有冬瓜、白菜之类的，大约是地里有什么，想放什么都可以的吧。

加一点辣椒是极好的，炒菜加上厚实的米皮多少有一点腻人，正在肉气攻心、即将腻发身亡之时，辣椒作为点睛之笔出现。辣味隐隐约约并不张扬，却使整个蒸米粑变得灵动了。

来北方之前，我不大碰蒜和大葱，现在也说不上喜欢，只是在理解这些佐料的路上走得远了一点。饭搭子苦口婆心地劝过我，说葱能激发肉本身的味道，这是单吃肉的人所不能体会的。我试了一下，确实如此。

还有蘸醋配饺子的生蒜，或是夹在烤肉中间的焦蒜，还有吃炒蟹时点缀的炸蒜，甚至咬一口生蒜，再喝一口黑啤，脑中升起前所未有的晕眩。这都是用来锦上添花的，非有过一次尝试不能懂。

辣椒在这里并不是要满足湿热土地上的胃，而是作为佐料使粑本身的味道更呼之欲出。

自制粉丝的时代已经过去了，用河源的大米粉也不错。粉丝泡水，切碎，拧干，和豆角肉末一起炒到半熟，肉末可以少，但是猪油不可不放。

老家的吃的，其实以肉为主的并不算多，大多不过是用肉做点缀，解

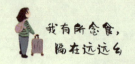

🌱 时蔬 大约是地里有什么，想放什么都可以吧

个馋而已。素菜荤做，荤菜素做，能用上猪油都算是一件欢天喜地的大事了。

这片土地上生活的人们，即使现在肚子里已经装了上百斤肉，并且还在源源不断地胡吃海塞，但是有一些习惯，还是无法改变的。

原来水塘里的螃蟹是没人吃的，主要是剁碎了，用来喂猪，田螺是敲碎给鸭子吃的，黄鳝和青蛙泛滥成灾。有一次下大雨，池塘里的水都漫了出来，我姑姑抓到了几只甲鱼，但是以当年贫瘠的想象力，无论如何也想不出来这种满身盔甲的东西怎么能入口，只能拿到集市上换了钱来。

后来自己也变成了满身盔甲的人，反而把这种同样坚硬的动物捧上了冬季炖锅的神坛。

五月份的时候长江涨水，堤坝都会被冲倒，鱼蜂拥到稻田里吃水稻。水退了之后，满地都是来不及撤退的囚徒。这是最幸福的月份，因为别的时间是很难吃到如此肉味的。

而且长江里的鱼没有鱼腥味，水流湍急，长期的游动使它们的肉都是脆的。

但是我的成长和它们的消失是同时发生的，仰赖食物鲜度所做出来的东西也越来越少吃到了，浓油赤酱炫技一样做出来的味道，美则美矣，总是缺点什么。

就像粗糙的蒸米粑，其实就是一个大饺子，但是打开锅盖，看到里面油光滑亮的白胖子，还是有感动在其中。

我们原来不吃拳头大的狮子头、手

螃蟹和蛋 我的成长和它们的消失是同时发生的

臂长的海鲈鱼、堆积如山的红烧肉，还有冷冰冰、风味尽失的羊蝎子，汁水横流的鹅肝汉堡，也不鲸吸什么琼浆玉液。

但是我们原来爱吃笨拙的蒸米粑，时过境迁之后，依旧爱。

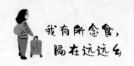

丑红薯粉

十二月，当寒冷北方的大街小巷弥漫着烤红薯香时，江西这片尚未入冬成功的土地正在为红薯粉而忙碌。

红薯的做法有很多，对我而言，唯有做成红薯粉是最能化腐朽为神奇的。虽然红薯粉块有些其貌不扬，却是远方餐桌上的一点家乡回响。

老家的雪这几年下得越发少了，往年的红薯是在快要下霜的时候挖出来的。这个时候的红薯是泥土里奔跑长大的孩子，不求甜味，但求淀粉厚重。

红薯洗干净之后，送到机器里碾碎，被震耳欲聋的机器吐出来的颗粒，乳白色中带着鹅黄，比大米略粗糙。

碾出来的颗粒和水一起倒在布袋子里，一遍一遍地过滤。从前没有自来水，只能用井水，冬暖夏凉，说起来是很美好的，但挑水是一个力气活。做红薯粉一般不劳烦家里的壮劳力，在我家姑姑当仁不让地挑起大梁。

说起来姑姑和家里的美味总是分不开的。她的骄傲是能做一点都不夹生的红薯粉块、半条街都能闻到的干豆角红烧肉、填充整个寂寞冬天的咸鱼腊肉，还有带着幽香的清明小蒜粑。其实算不上特别了不起，可放在她身上，就是一辈子。

粉有味，人也有味。

姑姑说她最怕洗红薯粉。一麻袋粉要泡在深深的一大盆水里，过滤、揉搓三四遍，偷不得一点懒。不然四桶上百斤的红薯，连四五斤红薯粉都做不出来。

冬天的水出奇地冷，农村里没有暖气，南方的天气又变化多端，忙碌之后出一身汗，风一刮又是一身冷汗，每洗一次都要感冒。

现在有机器能直接把渣滓和带淀粉的水分别吐出来，味道少了几分，但是弃去廉价的情怀不谈，确实方便了不少。一切在无可挽回地走向庸俗的道路上，未尝没有道理可言。

毕竟水不要我挑，病不要我生，在杀死疲劳的捷径面前我就说不出二话来。

渣滓留给猪吃，乳白色的水浆沉淀一个晚上。第二天起来粉和水已经分离了，上面浮着黄色的水，下面沉淀着红薯粉。

要是天气不好，或者是下定决心要把这一桶红薯粉做得细致入微，就多换几次清水，多等几天，用时间和消耗换来无瑕的粉。虽然放得越久，粉越洁白，但未必越久越好吃。

全然的细腻和纯净中丧失了很多纯朴粗犷的风味，不过这完全见仁见智了。因此根据天气来调整时间以达到平衡，就是一门只有姑姑才知道的玄学。

挖出红薯粉，放在簸箕上，在太阳底下蒸发掉水分，分崩离析。此刻本来粗糙的渣子已经变得细腻柔软了，用手搓成粉末，再晒好几天，就有了干净赤白的红薯粉。

红薯粉可以做成粉丝，下在火锅里作为荡气回肠的尾声，红薯粉入味，吸了饱饱的汤汁，让人直吃得酣畅淋漓，不过自家的小厨房做不了红薯粉丝。

当不了主角，做配角依然光芒万丈。炒瘦肉之前用蛋清和红薯粉拌一下，能收获意想不到的细嫩。

做成块状，怎么入菜都很妥当，反正红薯粉本身味道寡淡，和什么菜同

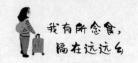

做就是什么味道，多是取其口感。即使是一盘翠绿的上海青，有了红薯粉的陪衬，就立体丰富了起来，甚至吃起来有几分食肉的饱腹满足。

用红薯粉下锅做粉丝，是喜欢它的淡雅。如果煎熟了入菜，是冲着那份油香，还有结实的口感。

把粉和水搅匀之后，一边搅拌一边倒进锅里，烙出一张厚实浑圆的大饼，沿着锅的边缘倒开水，盖上锅盖，煮成一锅相貌不敢恭维的灰褐色厚饼。切成块之后可以和红烧肉同烧，也可以和蔬菜清炒。

没有红薯粉，一锅红烧肉断无吃点。红薯块粘在砂锅壁上，被烤出褐色的焦壳，端上桌的时候还吱啦作响，溅着油星，光香气就勾人饿肠。

油脂混着肉汁晶莹地挂在粗糙的红薯粉上，兼具嚼劲和软糯的口感，与一抿就化的红烧肉一同入口，在直白的汁浓肉嫩中，多了些耐人寻味的结实口感。红薯粉的味道寡淡，倒有点像激烈肉搏中的一次喘息。

如果没得红薯粉的话，倒宁可不吃红烧肉。

红薯粉的肉感很强，和青菜是绝配，在没有肉吃的时候能聊以自慰。袁枚在《随园食单》里也说：炒青菜须用荤油。这和吃红烧肉配红薯粉是一个道理。

归根到底还是物资贫乏的替代品，但是几块下肚，蜷缩在寒冷里的灵魂嗖地苏醒过来，这几块红薯粉穿透了单薄与寒意，笼罩下来包裹着我。

倒也算是好不容易符合了一次健康饮食的清规戒律。

还有一种吃法，我见得不多。用鸡蛋拌粉，像煎豆粑一样，煎成薄薄的饼，切成丝。把姜、蒜煸香，加香菜与空心菜杆，或是与豆芽同炒，大约也是很好吃的。

一坨丑陋的红薯粉或许太过平常，但是每一朵油星炸出的油脂都是生活的滋味。

寄情也深。

炒粉之神

老板娘从筐里拣出来两个红辣椒，放在案板上快刀剁碎。颇具暴力美学。

我爸在一旁搭话："您手脚这么利索，多大年纪了？"

她头也不抬，用手把辣椒赶到菜刀上。"那当然利索了，年轻人谁能这么快，我都七十多啦。"我暗想，这老板娘还真是一点都不客气。

她回身走到厨房，用长长的打火枪，啪一声点燃了灶台，火焰熊熊地蹿上来。

我爸忍不住恭维："完全看不出来你这么大年纪了。"

她把拳头大的勺子在猪油缸里蜻蜓点水地掠过，一勺猪油在锅底汪洋恣肆，"吱啦"一声冒起了烟，她的声音悠悠地传出来："放屁啦，我又不会化妆。"

说话的时间，把蛋液打进锅里，鸡蛋的边缘被炸出一串泡泡，挖一铲子肉，丢些辣椒，撒一把青菜，抓一捧粉，顺手掠一勺萝卜丝，加盐加酱。瞬间天雷勾地火，蒸腾的油雾，在铁锅里一下燃起了火焰。

她回手直接把锅里的粉倒进小瓷碗里，喊了句："自己来端走。"就回身炒下一碗粉了。

好彪悍的老板娘。

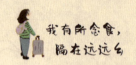

🌱 辣椒 暴力美学

　　吉安的婆子炒粉,被我惦记很久了。

　　五六年前跟我爸去过一次,那次下着雨,小摊子就支在几把遮阳伞下,滴滴答答漏着雨,满地都是一次性筷子的塑料包装,漂浮在水上。每人捧着一个塑料餐盒,缩手缩脚挤在一起吃粉。

　　一个火力十足的小摊子边站着瘦瘦小小的老板娘,嗓门极大,语速极快,脾气火暴。把利落、直白、爽快都炒进了这碗粉里。

　　只做早餐和中餐,到了下午就收摊回家,别说夜宵,连晚饭都不做。就是这样,小摊子边上嗦粉的人还是没有断过。真正的食客必须面对一地沧海横流,不改英雄本色,乖巧地坐下来,接受一切安排。

　　吉安本地人说,中学时代就吃老板娘的炒粉了,几十年前她的脾气和现

🌿 炒粉 味蕾上跳动的活色生香

在一样不好。磨磨蹭蹭点菜，或是嫌碗不干净也是要挨骂的，但就是这样一直吃到了中年。

现在光时间都杀死了一大把，还没有磨掉老板娘的火气，倒是炒粉的功夫成一流了。

当时的味道早就忘记了，只记得这个老板娘身处把顾客当爹的时代，却以特立独行的狂狷之名，总能让人心驰神往。

也许让人留恋的就是这放纵和放肆吧，非得来受点气，感受到勃发的生命力；吃些油汪汪的蛋块儿，吱吱冒油、挂足辣酱的柔韧米粉，才能感受到味蕾上跳动的活色生香。小桥流水人家般地在小破店里听老板娘挥斥方遒地炒粉。

这次千里迢迢去找，还是我爸的朋友提前来打了头阵的。

老板娘大手一挥，豪迈地说："你来的话我肯定亲手给你炒！"这个面子可真是来之不易，让人倍感荣幸。不过就算是这样，我们来的时候，跟她说我们是吃完午饭，专门来这里以这碗粉收官然后各奔东西的。

她还是连身都没转，在行云流水的动作间隙喊了句："那不饿就不要吃好了。"

让人一点脾气都没有。

炒粉的位置从墙角的遮阳伞小摊子，变成了一家安稳的店面，从没名没姓变成了颇有几分招摇的"婆子专业炒粉"。不是真的有点本事的话，怕是难以安身立命吧。

吉安炒粉有些来历，即使在米粉神仙聚首的江西，也还是排得上号的。

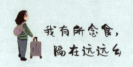

在南昌炒粉、赣州薯粉、新余腌粉、宜春扎粉、景德镇冷粉中，偏偏吉安的峡江米粉被嘉靖誉为"忠贞米粉"。不过这种故事多了，不听也罢。江南的点心就是乾隆几下江南的心头好，北方的硬菜就挽救朱元璋于饥寒交迫之间，故事说得天花乱坠，却往往离好吃有一段距离。

老板娘的炒粉却是动了真格的好吃。天地良心。

粉在铁锅上翻炒，能听得见吱啦吱啦的声音，看见手起铲落蹦跳着的青菜，还有泛着油光的晶莹肉末，肉炒得略焦，又香又脆。粉在火的炙烤下带着焦脆的锅巴。

酱汁均匀地包裹着米粉，秘制酱汁恐怕是各路神仙都要攻克钻研的课题吧，这样酸辣兼具的热气四散开来，粉还没有端到桌上，就闻到被火焰激出

❤ 闻到被火焰激出的香气

的香气。这个时候心中的馋虫，都爬到了喉咙口。炒蛋也是神来之笔，火足够大，油足够多，蛋炒得像一块海绵，吸足了酱汁，嫩滑饱满。

吃到一半，加腌萝卜和辣酱，是另一种风味。

老板娘自己做的腌萝卜酸辣爽脆，十分解腻，很是家常。就是每家都有的腌萝卜罐子里的小火花，颇有倦鸟归巢的味道。夹起一筷子粉，伴着萝卜吃下去，酸味紧随辣味之后，匆匆赶来。咔嚓咔嚓的声音，点亮了咸香的一览无余。

这次在南昌也吃了家炒粉老店，也是一群可爱的老太太掌勺。老板娘半撑着收银台，对我们说："你们能找到这里，实在是太幸运了。"

表情劲儿劲儿的，藏不住的骄傲。

桌上还贴了"本店辣椒特辣，一定要少加一点"，很有个性。

她们还端出了我最近才喝到的，最令我舒适的酒糟冲蛋。自家酿的甜酒，酒味很足，滚烫地熊抱住一颗鸡蛋，大块的蛋清结在了一起，蛋黄宛若飞絮，满碗烟雨。大把撒糖，甜得张扬。与炒粉的油腻和热辣和解了，美妙地融汇在口腔里，妙不可言，还唤醒一点点童年记忆中的味道。

跟老板娘说了之后，她托腮眯眼，回忆起用老绵糖做的白糖糕，还有漂着蛋花的酸辣汤，一副往事不再的痛惜模样。正说着，从厨房里钻出来一个同样上了年纪的大妈，从桌子上拿起了刚到的快递。

我没有那么热衷于拯救传统工艺。我记得有人说过，它们的消失在世界范围内都是不可逆的进程，也从来不企图让任何人无条件地接受传统食物和习惯，但是应该留下一个能够体验过去，并在愿意的时候能去继承的机会。

在脾胃里，我们都是怀旧的人，义无反顾地追寻故乡。因为寻找的味道，往往在味道以外。

江西人还喜欢吃豆腐乳，不过我吃不习惯，吃一口就能看见人生的跑马灯。总觉得豆腐乳这样味儿重的调味，都应该和素净的白粥搭配，不然各种味道在一起眼花缭乱，也失了趣味。

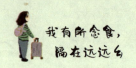
　　但是在南昌过飞机安检的时候，听到广播里一本正经地说，豆腐乳和喷雾、液体并列，光荣登上不能上飞机的黑名单。当地人对豆腐乳的热爱也可见一斑。

　　这里的炒粉大勺被一群如此生猛的老太太攥得紧紧的，真是幸福。

吃早酒

惦记去厦坪吃早酒很久了，请原谅我在南方滋养大的味蕾和北方菜磨合困难，味觉的城墙，太厚太高了。越到冬天就越想躲到温暖又富有回忆的南方，吃一顿热气腾腾的早餐。

从济南到井冈山不通飞机。先飞到南昌，转汽车，再转火车才能到。

我在绿皮火车上度过了一个逼仄又窒息的下午，缩在角落，看着用火车上的开水做汤头、吃泡面的大哥大嫂们挥斥方遒地指点江山。直到沉沉的天压下来，车窗上的雨珠绵密起来，我才告别了这辆从长春驶往三亚的温暖列车。

第二天七点起了床，我直奔厦坪的菜市场。空气中弥漫着一股湿冷又生猛的味道，还有熟悉的煤球燃烧味。

地上摆着刚挖出来的冬笋和采来的木耳，歪瓜裂枣或整齐划一的红白萝卜，红润透亮，板车上摆着一米见方的几块老豆腐，刚下蒸笼，气还没喘匀。

案板上坦诚又霸道地挂着半扇猪，或是一条血淋淋的牛腿，大大咧咧地展示着大幅家畜解构图。水池里游着几条肥胖的鱼，一旁热气腾腾，鸡在尖叫声中被褪着毛。

一张野气横生的菜单就这样涌到眼前。

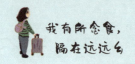

❥ 这里的桌子总是蒙着一层油，包浆厚重

　　道路的中间蛮不讲理地架着一张桌子，旁边坐着四个低头专心嗍粉的人，四颗光亮的脑袋中间是一盆云山雾罩、冒着尖的肉山，贵气逼人。屁股下的椅子不是蒂芙尼蓝，也不是马萨拉红，而是性感艳丽的大红亮蓝，间隔撞色，宛若沃霍尔再世。

　　摇摆在大雅与大俗的感觉之间，刚刚好。

　　一溜墙脚下都闪着火光，在屠户案头本聚在一起的动物，瞬间四散，簇拥着进入锅中。

　　我们轻车熟路走进了市场深处一家漆黑的小店。苍蝇明目张胆地飞进去，又百无聊赖地飞出来。这里的桌上总是蒙着一层油，包浆厚重，十分温润，吃饭之前要亲手铺上一张乳白色的塑料桌布。盘碗杯碟各个豁牙漏齿，露天

炒菜的墙壁上，被烟熏得一片焦黑。

今天这家的老头被请去村里做酒席了，只有女儿掌勺。其实我们稍微有点失望，毕竟在这里不认馆子，只认大师傅。好在食材都是一样的。

店里不备冰箱，只有一锅、一铲、葱姜油盐蒜而已。在别处简直天方夜谭，在这里却是热闹而野蛮的。

食材即点即买，一盘菜炒完就要放下铲子，满市场跑着去买下一道菜。有等得不耐烦的人自己上去点燃了一炉蜂窝煤，操起铲子炒了一锅扁豆，面不改色地围攻一盆张牙舞爪的肉山，以酒为马决战红尘之巅，通过味觉感受那些动物充实的一生。

我们对自己没有这样的信心，就去市场上凑齐一锅杀猪菜的材料。

所谓杀猪菜，就是屠户的自留菜。一条细腻的猪里脊、一条负责煸出油香的五花肉、一块软糯的猪肝、一截爽脆的小肠、一块紧实的前腿肉，分时间放进锅里，熬出一锅乳白浓郁的肉汤。

难得看到一头小黄牛，便买下脑花，和牛肉一起再煮一锅。屠夫手起刀落，取出牛脑，稍微清理了一下瘀血，哗啦一声丢到大红塑料袋里。

还有女人面前堆着一盆牛脊柱，用小刀细细剔除脊柱上的肉。肉上有筋，十分弹牙，和软糯肥肠同煮，层次分明。

苏东坡被贬到惠州的时候，吃不起羊肉，就吃没人要的羊脊骨。将羊蝎子煮透，再洒上酒和盐，火烤到骨肉微焦后，挑骨缝间的碎肉吃，他给弟弟苏辙写信说："如食蟹螯……甚觉有补。"苏仙，讲究的就是这个味。

平时吃到的牛脊柱更少了，在这里也是为了物尽其用吧。

剩下的牛脊柱和牛皮一起熬成高汤，最后收汁成膏，叫山牛膏。

熬汤的时候连热气都不能浪费，汤桶上面熏上腊肉，把整个冬天都凝固在腊肥肉里。每只猪都在长肉和炙烤铺陈的路上走得很辛苦，然后它们又被吊在同一个屋檐下，直到自然风干，再进蒸笼蒸出一身肥油，晶莹剔透，被雪藏良久的油脂和被压制的肉香才能被唤醒。

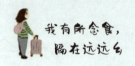

　　将山牛膏切成小块，带回家用热米酒冲化了，撒上白糖去腥，又是一个战无不胜的甜点。这么想来，山里的饮食未免有点彪悍。

　　这个早晨，真是荒蛮又暴躁。

　　我看过一份食谱，讲究："春天吃羊肉和猪肉，用牛油烹制；夏天吃干雉和干鱼，用犬膏烹制；秋天吃牛肉，用猪油烹制；冬天吃鱼肉和雁肉，用羊脂烹制 。"简直想掏出红笔圈起来。但是在可以预见的日子里，应该没有能做到的一天。

　　炒菜的时间，在小炉子上温一碗水酒。这才是早酒的精神所在——大早上，就该逢酒饮几杯，有肉吃几块。

　　水酒是粮食酒，味道有些寡淡。温酒的时候，放上一把枸杞和葱头，辛辣混合着甜味，大大拓宽了口味的维度。

　　推杯换盏间，渐次散发粮食的甘醇和缓慢进攻的冲击力，温热的酒带来醇厚口感，胃部的晕眩，慢慢转移到头部。这个时候搭配丰腴的肉山，才稳

🌱 炒菜的时间，在小炉子上温一碗水酒

得住阵脚啊！

肉姗姗来迟，仗着新鲜，水也不过一遍，保留所有风味。在案板上大刀阔斧斩成大小不一的块状，等锅里的猪油一沸腾就分批英勇就义，下油锅入火海，发出幸福的咕嘟声。

一勺猪油可以使所有的食物化腐朽为神奇，使汤汁变得浓且咸，又有毋庸置疑的鲜。盐旁边有一个装着透明晶体的小碗，香气有些惹人起疑，但能和一把小米椒一起盖过猪肉的腥味，也算是功劳一件。

牛肉筋道，牛脑柔软，牛百叶爽口，煎过的五花肉焦脆，小肠弹牙，猪血入口即碎，带着丝丝辣味。肉竟然也有爽脆又富有变化的口感，嚼头十足，汁浓肉脆，霸道极了。

浓郁的味道一拳就把人从冬季早晨的萎靡中打醒了。再喝一口酒吧，既不呛喉，也没有过分的甜腻，从嘴一直暖到胃里。

肉的鲜是不抢眼的，总是伴着酸甜辣咸才能撑起一道菜的风味。但有了鲜，就多些无法言喻的调味，有了鲜味，这道菜才有生命力。唯有足够新鲜的肉才敢被这样单纯地对待，就像海边的海鲜只有白灼和盐焗，谁吃香辣呢？

工艺登峰造极，暗含的意思是原料有所不足，穿金戴银地失去了家常气息。

敢于寡淡是很勇敢的，这样的属于粗茶淡饭，简单粗暴的惊喜里，多少有几分骄傲吧。

吃一碗炒米粉收官，就着心肝脾肺肾哐哐吃进了一大碗粉，汤足面饱腰杆笔挺，在这样一个冬天，蓦然就有了几分底气。

这顿早酒算是将将吃完了。

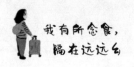

该吃年粑了

焦桐说："我恐怕太能吃了，从前感觉一个月比一个月胖，后来感觉一天比一天胖，现在发现一餐比一餐胖，悲哀的是，这些都是真的。"我也发觉，这都是真的，甚至还有点羡慕梁实秋所说的鹭鸶长颈，因为长颈可能享受更多的徐徐下咽之感。

可惜不时不食，年粑也要等到冬天才能做，比豆粑还要晚上一个月。年粑留的时间长，用腊水泡着，来年春天还能吃。腊水浸的东西不会坏，没有道理，就是如此。

做年粑要把米洗干净，过水，洒水保持潮湿，还要不停翻动，再加一半糯米。高粱粑略有不同，用高粱和三分之一糯米，一起倒进石磨里，细细磨成糊状。这样做出来的糊，是会发光的。

高粱是很好的，秆子下面很甜，经常有小孩子偷着当甘蔗吃，中间可以晒干了当柴烧，尾巴留下来当扫把，即使脱离了田野，也还是光彩依旧。那些偷吃过高粱秆子的小孩，脱离了田野，都已经中年怀抱，与秋俱老。

将磨出来的面搓成汤圆的形状，放到滚水里定型，捞出来，用手按成一个个小圆饼，再隔水蒸熟。凉了之后，放进圆形簸箕，耐心等一个晚上。在

这个晚上，它们会粘在一起难舍难分，企图负隅顽抗，以至于强行拿开是不可能的。

但是，到第二天早上，它们的水分已经走失在寒夜的冷风中了，轻轻松松就能分开。分开之后，再晾晒一周，它们就会在腊水里过完漫长的冬天。老家的年粑口感粗糙，个头厚实，吃上两个就省去一顿正经饭。

深圳的温度高，年粑常送来没几天，就发了酸，非常可惜。北粑南调，已失新鲜，但毕竟是年粑。不知道为什么，即使放在外面有发霉的危险，我们也从来不把年粑放进冰箱。就像豆粑永远是用大红色的塑料袋装着，和一堆散发着尘埃味道的干货放在一起一样顺理成章。

我现在还能记得阳台的阴凉处总是有一锅浑水，绛紫色的是高粱粑，白色的是糯米粑。里面的年粑一天天少下去，水一天天变浑浊，等到水白得能照出人影来的时候，新年就到了。

年粑可以煮面、煮豆粑，还能煎着吃，煎完了之后可以炒着吃咸口。和安豆苗一起煎，尤为有冬去春来的味道，带着水珠的安豆苗，最能宣布不可亵渎的春天。当然也可以蘸白糖吃甜口。

我爸有思乡病，怀旧感综合起来的深切情结，平时将就着吃了太多浓油赤酱，对老家的食物，从来不肯将就。因此在厨房里长期有专门烤年粑的铁锅席位。鲁迅说："我有一时，曾经屡次忆起儿时在故乡所吃的蔬果……他们也许要哄骗我一生，使我时时反顾。"故乡养育出来的胃，以生猛有力的味道，把生活中的细枝末节融浸在了食物中。

在每个有年粑的早晨，他一定会把年粑小心翼翼地放进铁锅里，耐心等待十几分钟，直到年粑开始膨胀，表面变得焦黄。

我爸很骄傲地跟我说，炙烤的时间他研究了很多次，烤好了就把我叫醒一起吃，烤得不好，就自己吃掉。用这个感人的理由，他自己吃了很多。但是烤得最好的那一块永远会四平八稳地留在铁锅里，安静地等待我醒来。

铁锅烤出的年粑，外壳焦脆开裂，里面的沙质分明可感。一口咬下去，

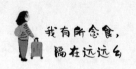

质地厚韧软糯，五感俱足。清晰的稻谷味作为骨架，炙烤出了饱满复杂的香气，一层层散发开来。

年粑的原始味道一定要铁锅慢烤才能出来，电烤箱和微波炉都是歪门邪道。不过也许对于一块烤年粑来说，最重要的不是什么容器，而是气定神闲，有一个不赶时间的早晨。

一块赤白干净的年粑，就很好。

老家的粽子

这个端午节没有吃到粽子，因此小时候吃了多年的粽子味道在脑海中就更加呼之欲出了。

粽子馅的斗争无止无休，其实把"馅"看作一种包罗万象的想象力，就没有那么多争论了。学校食堂推出了杧果黄桃粽、黑椒牛排粽、麻辣龙虾粽也没有关系，想象力嘛，总是要有的。只是这就让人更怀念小时候吃的粽子了。

我姑姑是我从小饮食道路上的一盏明灯。大约并不是做得有多惊天地泣鬼神般好吃，只是吃惯了的东西在脑海里打下了烙印。老家的粽子异常简单，就是白粽，可以放点芝麻和红豆，放蜜枣都显得有些过于浓妆艳抹了。不是甜的，也不是咸的，竟然在甜咸两大门派的武林江湖中全身而退，一副《山家清供》里闲云野鹤的样子。

既然讲究的不是味道，就肯定另有讲究。老家的粽子注重口感。

糯米淘洗过之后，拌上一点油和盐，立刻就开始包粽子。不给糯米留出吸水之后松垮肿胀的时间，这样包出来的粽子即使经历了长时间蒸煮的洗礼，依旧颗粒分明。要放红豆的话，豆子也是不煮的，泡过之后直接包进粽子里。这和广东的粽子完全不一样，广东的粽子要先泡水，所以米粒比较碎，水分

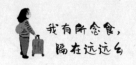

比较多，而且要放碱，可能是为了配合丰富的馅。成哥妈妈做的粽子里面有板栗、绿豆、香菇、火腿、鲜肉、咸蛋黄，想想这样的阵容再配上紧实的糯米，实在是让人有些难以下手吧。

老家的粽子没有这些花里胡哨的修饰，只能做个朴素却坚挺饱满、新鲜有性格的素粽子。粽叶一般在水边就能采到，深圳以前也可以在一些不被注意的角落摘到。现在能摘粽叶的地方愈加少了，大多数时候只能去农贸批发市场买，端午节前一周能买到新鲜的，平时就只有干粽叶了。干粽叶包出来的粽子，滋味可远远比不上新鲜粽叶的自然味道。姑姑的独门秘诀是粽叶一定要等到端午才能摘，要是摘得太早，也没有粽叶的香味。

绑粽子也和别的地方有些不同，所有粽子要绑在一根绳子上，最后煮的时候再剪开。绑在一起是为了包的时候方便用力，把粽子捆得更紧，同时也是为了口感能更结实。我还记得小时候姑姑经常坐在一个小板凳上，把绳子的一头绑在椅背上，绳子绷得紧紧的，绑粽子的时候拽紧绳子，把粽子五花大绑，绑成一个圆锥体，粗的那一头绑出两个尖尖的角。

一串粽子做好，就剪开放到锅里天昏地暗煮好几个小时。煮粽子就像交朋友，煮得愈久，口感愈好，糯米和粽叶的香味非经过五六个小时的充分交融，紧凑的口感无法得以彻底彰显。懒一点的话，就用高压锅，也需要两个小时才能煮好。姑姑说，他们小的时候吃过晚饭就开始烧柴煮粽子，等到晚上睡觉的时候再加一把柴火，午夜等柴火烧尽再焖到天明，天亮才算是煮好了。

吃粽子也有些讲究，肉粽子料多，要趁热吃，但是老家的粽子冷着吃更好吃，还热的时候，粽子的肌理组织是松散的，撕扯之下容易散架不成型。凉了之后口感更接近于我们所喜欢的有嚼劲的黏糯，而且凉了之后更好成型，没有热粽子的黏腻感。撕开粽叶的时候能拉出一串白丝，粽子白白净净的，米粒分明。我爸总说碱水粽没有老家的粽子好吃，也不如素白的粽子看起来舒服。

这种粽子本身的味道很内敛，一般都要蘸白砂糖才能让口腔中获得的快

乐更加绵长。早上吃一个，到中午都不会饿，我小时候不太喜欢这种质朴的味道，最多在每个粽子的尖角上满满地裹上一圈糖吃掉，中间的部分只嫌太单调，觉得外面世界的花花草草比家里的东西要好吃得多。后来才越来越能体会到，我爸和姑姑对于这种糯米本身结实口感的追求，就是对于作物本质味道的追根溯源。

老家的东西做法都很简单，从来没有过多的修饰和复杂的装点，有一种坦诚的质朴，不论这条路上有多少鄱阳湖、滕王阁、长江天险，古来多少文人豪杰，但是在农村生活的人很少发思古之幽情，也不指点江山，论用兵形势，只是谨慎谦虚地在这片土地上生活，并不奢求太多。即使现在，还是保持当初一无所有时的习惯。

没有吃到粽子的端午节，我就尤其想念姑姑包出来的素粽子，倒不是这白白净净的粽子有多么出神入化，我也不是那么强硬的故乡沙文主义者。

其实，我更想吃成哥妈妈做的潮汕粽子，只是发现今年家里甚至没有包粽子时，突然意识到自己越来越忙碌，越走越远，我的父辈慢慢变老。如果老家都回不去了，老家的素粽子还有人想吃吗？

一想到这些就感觉夏天的天亮得很快。

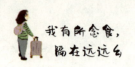

果树、栀子花和刺贡

老家的屋子边有一棵栀子花树、一棵橘子树和一棵梨树。这些树都种得相当随意，东一棵西一棵，都是一二十年前随手种的，从来没有人施肥浇水。好在树不会像人一样斤斤计较，想什么时候结果就什么时候结果，想开几朵花就开几朵花，依然孜孜不倦地变成流着奶和蜜的迦南美地。

橘子要等到十月才能吃到，但是六月底栀子花正好盛开，梨子也一个个地挂在了枝头。

屋后的橘子树结出来的果子是青绿的、小小的，油绿的皮上泛着油光，看着就让人舌尖一紧，咽下一大口口水。橘子皮很薄，在阳光下剥开可以看到喷溅的汁液，味道清新得像一束刺得人睁不开眼睛的光芒。橘子汁踩着酸甜的主旋律，从舌尖蹦蹦跳跳一直窜到嗓子里，咀嚼起来深一脚浅一脚，吃完之后还留下一串深浅不一的脚印。有阳光一点点爬上山坡，又一点点滑下山坡的味道，那是富有穿透力的烈日，在雨露的滋润中搜肠刮肚吐出的芬芳。

不过客观地来说，甜味瑟缩在酸味的强势笼罩之下，即使熟透了，甜度也逊色于市面上的普通水果，但是酸味中的清新是那些精心培育的橘子所没有的。那是植物在风雨中、田埂上与生俱来的果味，是净土，是清流，是当

西红柿 看着就让人舌尖一紧，咽下一大口口水

代社会的花火，是还未被冲刷得七零八落的原味。

但是橘子树在一年前的一场火中夭折，噼里啪啦烧掉了一半，剩下的一半也慢慢叹了一口气，坍塌了下去。

六月底回家刚好能看到栀子花。栀子花是十几二十年前我表姐从她家掐了一根枝种下的，如今已经变成了两米多高的树。我表姐说小时候她们摘下栀子花，别在胸前的扣眼里，花瓣上带着露水，花香也带着露水，在少年的青涩审美里，这就是全世界少女的微笑提纯的味道。现在，当初别着花的小姑娘做了两个孩子的妈妈，少年时代会离去，但是花香还是一如既往的味道。

现在栀子花被摘下来之后会放到一个盛了水的小瓷缸子里，摆在窗口。随着一阵又一阵夏天的风，温暖的花香被吹得满屋都是，好像小时候的西窗

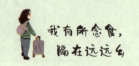

雨飘落到如今，别在扣眼上的花瓣还没有落到地上。栀子花的香味温温柔柔，像柔光阴影下的守夜人，又像窗帘被风吹动的困倦下午。让人想起柳飘飘眼中的尹天仇、张无忌眼中的赵敏、至尊宝眼中的紫霞仙子。

梨树也赶在六月底结出了果实，这棵梨树结出的果子小，差不多一个李子的大小就已经成熟了。梨皮也是青青的，上面布满粗糙的小点。梨子最多能长到一颗鸡蛋的长度，再大就自己裂开或者被鸟吃了。鸟总是会挑最好的吃，这个啄两口，那个啄两口，甘甜的汁水流出来，又招来虫子接着吃，最后只剩下一个空空的外皮。

梨子的味道很克制，淡淡的甜味，淡淡的清香，在一众热烈奔放的水果中显得笨嘴拙舌，好像独孤求败。口感爽脆利落，咔嚓一口就咬下了半个梨，剩下的半个上还留了一道清晰分明的牙印。水分很足，宽衣解带削完皮之后，透光的白肉像一颗大水珠，脆生生的果肉到嘴里都变成了汁水，这是解渴用的果子。

在家里上蹿下跳累了之后，脑子里就会窜出这一个淡泊的梨，清凉解渴

梨 在一众热烈奔放的水果中显得笨嘴拙舌，好像独孤求败

的舒畅取代了过甜的黏腻。梨摘下来之后，最好泡到一个大水盆里，想吃的时候就从里面捞出来一个冰凉的珍珠白玉丸。

老家其实更多的是长在路边的野草野花，以前连这些果树都没有的时候，就摘路边的野草吃。有一种在定山话里叫刺贡的野草，整根茎浑身上下都是刺，把刺和

来自土地的味道朴素又淡薄

皮一起撕下来，露出里面嫩嫩的茎，就这样拿在手上边走边吃。味道像没熟的莲雾，对我而言说不上好吃，也说不上难吃，起码没有生涩的味道。我表姐却惊呼这就是小时候的味道，那老家有手指粗的刺贡，从路边摘一根边走边吃，吃完一根就再在路边摘一根，只为图嘴里有些味道。

但是现在只剩细细的小不点了，那么一小截在嘴里尝不出什么味道。想来也是遗憾，她小时候有的快乐现在的小朋友都无从感受了。

现在回家还能从屋子后面堆的旧房梁上找到肥厚的木耳，吃到地里长出来的花生芽，尝到路边零落的刺贡。这些来自土地的味道朴素又淡泊，却是我最期待的味道。

最重要的是，回到老家的时候，亲人递到手里的果子，触手微温的，是团圆。

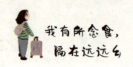

米 汤

老家做饭一定会有米汤，十几年前很多小孩子把它当成奶水来喝，到现在大家也还是喜欢。

只有用大铁锅做饭才会有米汤，换言之，只有在家里有很多人的时候才能喝到，但是现在农村里哪家还有很多人呢？要不是电饭煲不够大的话，大概也没有人愿意劈柴、烧柴、生火煮饭了。

用大锅做饭有一种方法是把米盛在大木桶里，在锅里放上水蒸熟，这样做出来的饭胜在有木桶的香味，而且比较软糯。还有一种方式是直接把米放在锅里煮，在大火中修炼十几分钟之后捞出来，用一个弧形的簸箕盛着，架在锅上蒸，这样称之为捞饭。

捞饭的米粒颗颗分明，符合江西当地瘦长纤细大米的口感。最重要的是，煮过米饭的米油，加上蒸米饭时翻山越岭裹挟着米粒香气的滴水，成就了一锅浓郁的米汤。米汤的味道很淳朴，没有任何对真实世界自以为高明的涂改，就是在土地上劳作的人对米粒本味的喜爱。尤其是收获的时候，新米的米汤是旧米完全无法比拟的，新米带着稻谷的清香，而且米汤也更加浓郁黏稠。这种细微的差别煮成米饭不易体会，但是在米汤上就高下立见了。

米汤的本意也不在于有多么出神入化的味道，只是做饭的附属品，就像火山爆发以后，留下的冷岩浆。但是让人在肉和菜的怒涛冲击之余，喘一口气，啜饮大海，给油腻的炒菜做了柔光处理，透彻又实在。老家做菜大刀阔斧，重油、重盐、重辣，要是没有米汤，就少了一丝润色。

米汤就像一颗卧在米饭底下的荷包蛋，是一个藏了小心思的惊喜。

要是不嫌麻烦，就在米饭还稍微差点意思的时候，把米汤盛出来，回到最初的起点，把米饭倒回锅里，用小火烘烤出焦焦的锅巴，米饭的口感也更韧了。要是还不嫌麻烦，就在饭要见底的时候把锅巴铲松，把米汤倒回去，加两根柴火，熬成一锅锅巴粥。锅巴在米汤里面熬煮的时间还不长，还没有完全束手就擒，在嘴里依旧很倔强。米汤又更上一层楼了，尤其是在锅巴做失败、烤得过焦的时候，锅巴的焦味在米汤里稀释过后，苦味淡去了，焦香浮现了出来，好像把钟点拉回到锅巴恰到好处的一小段时间，这段难以掌控

一个藏了小心思的惊喜

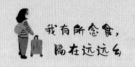

的短暂时间被米汤延长了。

　　锅巴粥的卖相实在不好看，看起来像一锅内容不明的浑水，本来纯白的汤水里浮动着焦黄米粒，汤水也发起黄来，又像盛着一池碎玻璃，真是让人目眩神迷。但是味道能掩盖惨淡的卖相，吃完饱饭之后再舀一碗汤，放在另外一个胃里。

　　尤其是有老人的家庭，就更喜欢做这种米汤锅巴粥了，老人牙口不好，直接吃饭未免太过辛苦，锅巴粥又能填饱肚子，又不费吹灰之力就能嚼碎。而且三十岁出头的表姐告诉我，在她出生的时候老家还没有奶粉，家里就是用米汤代替奶粉把她养大的，所以现在喝到米汤的时候，能唤醒回家的灵魂，果然还是小时候的味道忘不掉啊！

　　一锅浑浊的米汤，喂养了奶水不足的小孩子，也喂饱了牙齿稀疏的老人，其实一心在螺蛳壳里做道场的米汤，是农人珍惜物料的表现。

　　米汤不过是做饭的附属品，要不是绞尽脑汁不想浪费的话，一定会被视而不见的，但是出于农人对农作物的珍惜而被不断加工，赋予了醇香的味道。

　　而且还有很有趣的一点，做饭的两口锅中间还有一口小小的锅。这三口锅挤占了灶台上所有的容身之地，这个锅只是用来盛水的，这样在炒菜的同时就能把刷锅或者是另做他用的水烧好，又省了几把柴火，值当。

　　就像在老家吃饭剩下的饭菜都不会倒掉，总会有隔壁家的大妈提前放一个桶在屋后，连汁水都不要倒掉，收集齐一桶就提回去，我也不知道是拿去沤肥还是喂猪了，总之大妈坚信一点，从地里来的东西，就一定要回到地里去，看不得浪费。

　　米汤对于我的父辈甚至是略大的同辈来说，都有别样意义的味道，那种味道伴随他们走过了很多缺衣少穿的时光，所以才格外香醇，即使是单纯于我而言，也能体会到米汤质朴味道的美感所在。

　　锅里赤白的汤水映着天花板上昏黄的灯光，就像从锅里生长出一个月亮。

多吃青菜

我又回老家了，最近在老家的时间很多，家里人却很少，平时每次回老家都有十几二十个人，这次家里却只有三个人，做饭就成了一件很伤脑筋的事情。

毕竟烧出一膛炉火恍惚之后，却只有三个人吃饭，大费周章炒的菜，永远也吃不完。于是，吃得很简单，基本上屋后的地里有什么就吃什么，做饭之前在地里转一圈，顺便就把材料都带回来了。

这个季节的玉米还没有完全长开，个头太小，而且大部分都有些歪瓜裂枣，老家的玉米说甜不够甜，说糯不够糯，很普通。不知道超市里的玉米怎么都长得那么周正，要么脆脆甜甜，要么糯得能把我花重金补的牙粘下来，自己地里的玉米却长得那么失控。

秋葵却大部分都长老了，中间的瓤已经空洞了，白惨惨地树立在枝头。

西瓜熟得差不多了，香瓜也都熟了，这边气候下生长出来的水果甜度都不高。除了西瓜和香瓜，还有一种有微微甜味，但是介于蔬菜和水果之间的菜瓜。它们唯一的优点就是在甜度不再锋芒毕露之后，瓜果本身的清甜犹抱琵琶半遮面，让人回味的是植物的清香。甜味克制却不寡淡，这也是时下瓜

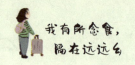

果难得一见的美德。

还有总是长不大的小土豆，这种小土豆一口就能吃一个。很糯，最适合切成土豆片爆炒，一定要把锅烧得红红的，下重油炒，最好边上还要有点焦。这样一盘锅气十足的炒土豆，能让人吃得眼镜掉下来又扶上去，再掉下来又扶上去，满头大汗还是要接着吃。

西红柿也还是前赴后继地成熟，还有葫芦瓜在夜以继日地长大。

我刚到的那天，地里的葫芦瓜还是一个拳头大小的小毛球，六天之后就已经比一只一个多月的小狗还大了，它陪那只寂寞又倔强的小狗度过了很多难以打发的时间。归功于葫芦瓜迅猛的长势，每顿饭都能见到葫芦瓜的身影。葫芦瓜吃不完只能烂在地里，姑姑舍不得，就将它切碎了之后晒干，炖排骨吃或者做红烧肉都好吃。这样的干葫芦瓜能留到冬天。有一天吃饭的时候吃了一道萝卜丝炒腊肉，姑父就说一吃到这个菜，就感觉窗外在下大雪，北风敲窗。

因为那些百无聊赖地等着冰雪消融的日子里，只剩下在食物丰饶的时候未雨绸缪留下来的菜干，到了冬天只有腊肉和菜干吃了。

但是这就导致每天桌上的菜都是干葫芦瓜炒肉和清炒葫芦瓜，葫芦瓜成为餐桌上永不落

🌱 葫芦瓜陪那只寂寞又倔强的小狗度过了很多难以打发的时间

豆角焖饭 锅底的乾坤就是一层薄薄的锅巴

下的太阳。不过每顿都要吃的，还有豆角锅巴饭。屋后有一个小坡，上面长着一排豆角，随吃随摘。在老家有的时候炒菜嫌麻烦，就直接做一锅豆角饭，既有滋味又很简单。之前在深圳，姑姑也用电饭煲做过，但是味道只能算是缘木求鱼，桌上已经有那么多鱼肉了，饭里还放油放盐就有点油腻了。很多人对油盐的抗拒，到了偏执的边缘，味觉都沦为二等公民，这种粗糙的做法，当然不会受青睐。

豆角饭用的是捞饭，不是煮的饭。捞饭水分少，米粒松散，焖炒出来自然比煮的饭入味好吃，而且锅底的乾坤就是一层薄薄的锅巴嘛。米饭半熟之后，把米饭盛起来，放豆角进去炒，用我姑姑的话说，叫把豆角炒死，半死不活的时候倒一点点水，再把饭倒进去，盖上锅盖，开始焦急的等待。随着豆角的清香和锅巴的焦香慢慢传出来，等待变得越来越煎熬。但是只有听到锅里面的水声从"咕嘟咕嘟"变成"吱啦吱啦"之后，才算是大功告成。很简单。

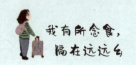

但是要吃锅巴还不能心急，要等炉膛里的余火再烧一阵子，这样的锅巴才足够焦。最好是连最下层的豆角都烧出了棕色的外壳，这个时候豆角里面的汁水也被火焰逼出来，进入米饭里，味道馥郁香浓。

我最喜欢把上面的饭铲到一边，先把锅巴盛起，腾出热气腾腾的锅底，再用余温烘烤米饭，这样等第一碗消灭之后，第二碗又有锅巴了。

精打细算就是为了吃点好吃的。

有的时候豆角有点老，汁水是黑紫色的，裹着焦脆的锅巴在口腔内玩起了捉迷藏，米饭油香油香的，在牙齿靠近的瞬间东躲西藏，最终还是嘎嘣一声在嘴里迸发了它的高光时刻。这样一碗饭简直不用花里胡哨的菜来打扰它的纯粹，吃起来踏实。早上起来想到中午能吃豆角锅巴饭，连起床的动力都足了一点，能使前后几个小时都沾着光，变成好日子了。

有时候，还有早上没吃完的糍粑，没有关系，也放进去，烤得焦脆。要是还有包子没吃完，也贴在锅边上，麦香味被烘烤出来之后，这个平庸的菜

🌱 红豆汤 有一种结庐在人境的远离感

包子得到了升华，脆得恰到好处，脆得彬彬有礼。

吃完饭，抹抹嘴再去厨房里盛一碗绿豆沙。

连绿豆都是自己种的。绿豆在豆荚里晒干之后，穿上新的棉拖鞋把豆荚踩开，圆滚滚的绿豆滚出来，在经过筛洗晾晒之后，又沐浴两个小时的炖煮，当姑姑抬起埋在炉膛后面的红脸蛋时，我就能喝到一碗绿豆沙了。

在厨房里待过几次之后，我深切体会到跳过这个炎热又煎熬的过程，直接称赞结果是不对的。

绿豆妻离子散，完全熬成沙了，不留一颗完整的豆子，但是形散神不散，喝到嘴里还是有嚼头的，不是完全丧失了形状的绿豆糖水。不知道为什么北方的绿豆汤放了一会儿之后都带红色，而且寡淡不好喝，要不就是豆子是豆子，汤水是汤水，没有修炼到天人合一的境界。

红豆沙也是一样的，唯一的区别在于红豆颗粒大一点，一般不会完全煮烂，不能像绿豆汤一样一口闷。红豆粒用舌头往上颚一顶就碎了，满嘴沙沙的质感，红豆皮慢慢被嚼碎，像小松鼠藏了一大口快乐在腮帮子里。红豆沙粗糙一点，挂在嘴唇上，像是长出一圈小胡子。

在老家住了一周，有一种结庐在人境的远离感，什么国际化的事儿、网络上的事儿，都和我没有关系。走的时候摸摸肚子，决定"无肉不欢"这句话可以被忘掉了。

还有很多事情也可以被一起忘掉了。

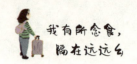
一天和珍珠翡翠白玉汤

　　这是一个让人激动的早晨，昨天下午我从别人家领过来一条一个多月大的小狗，小狗正关在楼下的笼子里，所以我难得八点多就起来了。

　　下楼一看，姑姑们都已经走了，今天六点多她们就去庙里准备上大贡了。村里大部分的阿姨都会来帮忙，做中午吃的蒸米粑、糍粑和素菜。

　　但是我要先喂我的小狗吃早饭。邻居的小孩子带来了一条经常在吃饭的时候探头探脑的小黑狗，两个小姑娘带着它跳舞，又晃下了屋前的一树桂花，为它装点打扮。两只狗寄人篱下，被折腾得一点脾气都没有。小黑狗看得比较透，反正挣扎是徒劳的，放弃抵抗反而能早点解脱。那只倔强的小狗还没有领悟到这个层次，一番抵抗之后，无情的镇压反而愈演愈烈。两个小霸王专心打扮小狗的时候，小黑狗早就溜得无影无踪了。

🌱 放弃抵抗反而能早点解脱

🌿 陈年老油，炸了又炸

我坐在一边，拿着一双长长的木筷子，一边摇晃脚上的拖鞋，一边吃从街上买来的炸油条，就是那种用陈年老油炸了又炸让人梦回小时候的油条。乡下的夏天不热，下雨的晚上盖着一床薄薄的被子，人都冷得睡不着。虽然是七月的早上，依旧可以用凉爽来形容。多亏了这几天的雨。这大概就是夏天努力想要停住的时间吧。这样的一个上午过得好快。

中午到了，我把小狗寄存在小霸王家里，去庙里吃饭。今天对肉只字不提，连相关的词语都不能说，饭桌上也全是素菜。

一张小桌子是做蒸米粑皮的，一个很年长的老奶奶负责和面，再从一大块面疙瘩上揪下小小的面坨，分给一边的几个阿姨。这一步完全要靠老奶奶的手感，面多了，皮太厚，吃起来没有意思；面少了，粑又容易一上蒸笼就肝脑涂地。

好在农村的这种聚会讲究不多，而且也都是在家里做了一辈子事的女人们忙活，别看一个个嘴都不停，手上的动作一点儿也不见慢。把小面坨搓圆之后放到一个专门的木夹上，在木夹上铺一层塑料纸，在面团上再放一张塑料纸，面团被夹扁之后就安详地躺在两张塑料纸的温柔乡里了。

在家里做就没有这么讲究，用塑料纸是因为要做上百个粑出来，在这条由一双双粗糙的手组成的流水线上，要防止面饼随着时间的流逝变得脆弱，

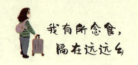

长出满脸皱纹，而且也不会彼此难舍难分。

做好的饼皮就被送到另外一张桌子上。蒸米粑有两种馅，有豆角和榨菜的，还有白菜的，相同的是里面都要拌上切碎的粉丝。馅是提前炒熟的，放在一个大铁盆子里，一群阿姨围在旁边，一边七手八脚地做白白胖胖的大饺子，一边嗡嗡地说话，说出来的话和她们的金手镯一起当当当敲击出声响。

包好之后再用一张塑料纸包起来，先放着，等凑够十层蒸笼的数量再送进厨房。一层蒸笼满打满算能挤下十八个蒸米粑，用两口大锅烧水，一口锅能叠五个蒸笼。农村的土灶烧火不容易，庙里的灶台又尤其大，所以只能凑齐梁山好汉再一起下火海。

在一个无人问津的角落，我找到了一个盛满糍粑的铁桶。

糍粑就是用米打的，外面裹上碎芝麻。暑假正好是炒芝麻的时间，芝麻的杆子干得差不多了，把芝麻踩出来之后，洗干净，晒到半干，然后炒熟，炒完之后用碾子碾碎。最大的技巧都压在了火候和汗水上，主要还是汗水。我只做过一次就半途而废了，从洗芝麻开始，要先把芝麻铺开，一点一点从里面挑出小石子和草屑，然后用水冲泡，把里面的沙土洗掉。一次充其量就能洗一个

🍃 糍粑和米粑 最大的技巧都压在火候和汗水上

脸盆底那么多，可是袋子里还有十几斤的芝麻等待着，实在让人腰酸背痛、头晕眼花。这边的芝麻还没有完全洗完，刚刚收尾如临大赦，那边炒好的芝麻又开始散发香气了。

姑姑挥动大铲子在锅里唰唰地翻动，她说听到声音变得干净利落就是芝麻炒好了，再炒下去就要发苦了。要是有一家人一整年都只能吃发苦的芝麻、芝麻片糖、芝麻麦芽糖、芝麻糍粑，我们同情他们，怜悯他们。

芝麻炒香了就意味着要趁热碾碎，家里的碾子很原始，年纪可能是我的两三倍。下面是一个弧形的铁凹槽，上面有

炒好的芝麻开始散发香气

一个圆形的铁片，中间有一个方孔，里面插了一根木条。年久失修，有的时候碾着碾着把手就会掉出来，要用刀背敲回去。

真是捉襟见肘。

最可气的是，连一个高度合适的台子都没有，只能坐在地上，把碾子顶着墙，弯腰驼背地辛苦耕耘。不然的话，随着每一次来回地动作，碾子会越跑越远。更气人的是，一次只能碾一汤勺的量，就这样一汤勺、一汤勺，直到碾完十几斤芝麻。如果每家每户都是这样碾芝麻的话，过不了几年，那些和芝麻相关的食物就要成为《广陵散》了。

当我一边擦汗，一边撑着地板站起来，把手里光荣的接力棒递给姑姑之后，突然深刻地觉得与其让这些东西因为恪守"古法"而搁浅，还不如感谢披着光芒万丈工业时代铠甲的粉碎机带来的轻松。

不过在村子里，大家还是坚守在碾子这样笨拙的工具旁边。

让成团的糯米在芝麻碎里滚上一圈，风轻云淡抖落身上多余的芝麻，变成又香又暖的糍粑。

糍粑和蒸米粑是做往生福的主食，除此之外每桌还有炒菜，菜里不带荤腥，连葱也不能放，至多放一点洋葱。农村对食物的看法是相当功能性的，还带一点宗教色彩。

🌱 碾子

不过珠玉在前，炒菜显得平淡无奇。最为惊艳的是一锅海带玉米汤，简直是我的珍珠翡翠白玉汤。

汤是用一个脏兮兮的煤炉烧的，玉米就是地里的玉米，老家的玉米没有特点，也说不上好吃，海带更是普普通通的大路货。但是炖出来的汤是白的、浓郁的。

粤菜里的上汤、越南河粉的牛骨汤、日本的海带鲣节高汤总是要肉来提鲜的啊，没想到单纯一锅熬了一个上午，炖得烂烂的海带玉米汤也能如此好喝。玉米提供了甜味，海带提供了复杂的风味，两者不会带来味觉冲突，而是融合一体的美味。但我还是想不出怎么能那么浓郁，以至于我在锅里翻了好久，想看看是不是放了排骨，结果刚一张嘴问姑姑，就被旁边的阿姨狠狠嘘了一声。

面对这碗汤的时候，我才知道秀色可餐是酒足饭饱之后的事情，多么好看的食物，都比不上暖暖的汤水从舌尖滑溜到喉咙的切实满足感。

可能是晃悠一个上午让我胃口大开，反正我好久没有喝过这么好喝的汤了。喝完自己碗里的，我绕着墙根的铁锅转了几圈，投去依依不舍的一瞥，搂住整锅汤。

这顿饭吃完，其实才刚刚进入正题，上大贡要从吃完午饭开始，在庙里做法事到下午五点，要磕足足三个小时的头，就像坐着没有终点站的火车。

在昏昏欲睡的午后，我领会到一生很短，一个下午却很长很长。

五点，做完三场法事，就起程去墓地。小皮卡上拖了一栋金碧辉煌的纸房子，下面有院子，有跑车，有树，墙壁上还挂着空调外机，条件很优越。随着鞭炮声响起来，白日烟火的闪光在空中浮现，纸房子由上至下开始燃烧。每个人手上拿一条桃枝，围着纸房子一边转圈，一边挥舞手上的桃枝，这是为了防止图谋不轨的孤魂野鬼抢走这栋豪宅。

等到纸房子看不见了，有人拿起一瓶酒洒到火堆上，酒是敬客的好东西。再摘下头上的帽子扔到火里，衣服不用烧，在火上挥舞一圈就被收起来了。

这一烧，烧断了很多故事的尾巴。

差不多了之后，一个伯伯提来两个塑料桶，桶里装了两颗地里摘的大西瓜。

大家把西瓜放在地上，垫着塑料袋把它们瓜分了。头昏脑涨的下午，在渐渐熄灭的火堆边上能吃到凉爽的西瓜，实在很舒服。

晚上回去蹭在我爸的餐桌边，喝了一碗蛇汤，吃了肉质绵软到黏嘴的鲫鱼。

但是想起饿了一个上午喝到的珍珠翡翠白玉汤，我还是觉得什么都比它不上。

一顿饭只能吃一遍，等待、享受、品尝的过程都是独一无二的，与我一同吃饭的人、成熟的秋天、在口中咀嚼的饱满、满怀期待的微妙的心情都是一去不复返的。

第二辑

四方
食事

过去，我只有嘴巴是自由的，我在早餐上把它扩大到面包片上，我一整天咀嚼着它，我在世界上带着一股因自由而甘美、清凉的气息。

——加缪

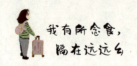

我有所念食，隔在远远乡

行走了不少地方，看了不少风景。但是提起一个地方的时候，让我最眉飞色舞的总是一句："我跟你说，那里的东西好好吃！"每次只要有人提起这句话，都会在我滔滔不绝、唾沫横飞的两个小时之后后悔不迭，怎么就让我垂死病中惊坐起了……

高考翻身解放以来，从深圳走过了香港、广州、西安、青海、海南、成都、重庆，还去了趟美国、俄罗斯，最终在济南栖居，不知何时又要远行。大约总结起来就是一句"生活不止眼前的肥胖，还有远方的油腻"吧。

说实话，经过了高中食不知味的三年，我早已忘却了原来吃饭是一件很美好的事情。一顿饭只能吃一遍，等待、享受、品尝的过程都是独一无二的，与我一同吃饭的人、成熟的秋天、在口中咀嚼的饱满、满怀期待的微妙的心情都是一去不复返的。如果吃饭就是为了吃饱，那么活着还有什么意思？当然，不吃饱也是万万要不得的。

想起我在香港吃的下午茶，大概里面的味道，就是雨夜维多利亚港的烟花、人群的躁动，还有拿着快要没电的手机在人生地不熟的地铁站里等末班车的彷徨失措，也许还有前几天跟我哥煞有介事地喝的菠萝啤的味道。那是一种

下午茶

怎样的告别一段以为自己不会留恋的时光，转头却发现，最黑暗的地方却往往能看到闪光的苦涩发酵的味道。

在西安吃到了人生中最粗糙而狂野的大馒头，以及剪不断理还乱、只要吃一根就一个早上告别饥饿的面。同时也吃到了最细腻的羊肉，还有闻所未闻、见所未见的野果。从此之后，那些街头油烟呛人的烤羊肉串小摊，都有了西安北方夜里城墙上的秋高气爽，还有那个无所顾忌、高唱《七月上》的姑娘，让我的趾高气扬，不畏世俗地豪情万丈。

在青海吃的饭，大约是我在国内旅游吃过的最平淡无奇的吧。但是那个简易蒙古包里有着荒野味道，混着牛粪清香的冷冷的早饭里面都是茶卡盐湖恍如天堂的美好，那里有粉色的天际线，有夜深人静的群山环绕，还有抬首望见的万丈苍穹。大约在青海的那个晚上，我见到了一生所见的所有星星的总和，它们就那样沉默不语地挂在遥远的天际。

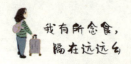

　　🌱 甜水面和乌梅 谁在乎真的吃了什么，谁又在乎味道如何

　　海南能让我记住的不是海鲜，而是集市上用塑料碗装的清补凉，在摇摇晃晃的帆船上和大河中喝到一半洒到了腿上的粥，最重要的是跟我珍惜的人吃的，我不在乎到底吃了什么样的一顿饭。是碧海蓝天，是千里迢迢，是彼岸和梦想。有了这些，谁在乎真的吃了什么，谁又在乎味道如何。每次回想起来，我都能闻到海边的咸腥味，听见大河在万籁俱寂的晚上拉船的哗哗水声，感受到海浪拍打在手忙脚乱掌舵的我脸上的凉爽，记起跟水爷手足无措收放主帆、球帆、侧帆收绳器的咯噔作响，还有在吊床上望见树影投下的斑驳阳光。我在别处看见的星辰大海，远比不上那些无所事事的下午的轻风细雨。

　　从美国回来之后，我不动炸鸡已经很久了。但是那些蹲在马路牙子上，一边赶苍蝇，一边用手拿着啃的比萨，是我吃过最津津有味的，我确信无疑。虽然波士顿大龙虾紧致细腻的肉让人一见难忘，虽然拉斯维加斯赌场的自助餐好吃得人神共愤，街角不知名小店里吃的蘑菇蛤蜊汤让我忘记动辄七八个小时的舟车劳顿，但是我还是要说，提起美国西部大农村的时候，想起来的，是黄石的云烟缭绕，斑羚彩穴的流光溢彩，拉斯维加斯的昼夜颠倒，还有一路上用脑电波代替语言、跟我东拉西扯的法国哥们儿。提起美国东部的时候嘛，

Lady M 真是名不虚传的好吃，但是在如此繁华的城市里，总是少了些什么，对我而言总是没有美国西部大农村的大漠孤烟来得美好，可能置身人群中，才更让人寂寞吧。

成都和重庆的美食大概是讲不完的。每次路过青旅门口都要吃的蛋烘糕，外焦里嫩，奶油就像学校逻辑课老师的才华一样，盖都盖不住，源源不断地向外漫。有些孤独、十分油腻的串串，让我一个人捧着一锅沸腾着的、咕咕作响的陶锅，吃得不亦乐乎。每一次怀疑可能点多了的时候，都会在十几分钟之后发现，自己实在是不够自信。在鹤鸣茶社度过的悠闲下午，除了看老大爷悠然自得地摆龙门阵，呼朋唤友下一个下午的棋，我还吃了三大炮、钟水饺、甜水面、醪糟汤圆、卤兔头、冰粉、凉糕、豆腐脑儿、炖猪蹄、肥肠面……

这两个城市，恐怕只能用胃记住吧，至于看了些什么，我早就忘了。

去俄罗斯之前，我的俄罗斯朋友一直坚持和我鼓吹，俄餐有多么惊艳，我礼貌微笑之余深深地怀疑，并不为所动地悄悄在包里塞了一包四川榨菜。但是在贝加尔湖旁的伊尔库茨克吃了第一顿饭之后，我把榨菜作为厚礼送了人。毕竟鱼市上在烤箱里吱吱作响的烤鱼虽然连鳞都没刮，只撒了一层盐，却焦香扑鼻，带着来自贝加尔湖深渊中遥远的纯净。在我住的小镇，人们对调味料的理解回归到了最原始的盐和糖，但是那些带着血丝的牛肉，配着在高高的星空中横冲直撞的冷风，竟别有一番滋味。当我走在狭长的木码头上，在凛冽的寒风中瑟瑟发抖地舔着奶味醇厚的雪糕时，看到的那片海鸥纷飞的悠远所在，好像世界的尽头。

不过我想在这片异乡的土地上，最让我留恋的大约还是月黑风高的街道上，那些弹唱的青年潇洒自如的表演，表面上冷若冰霜的人们在听见一声"Привет（你好）"之后，突然笑逐颜开的脸庞。

现在的我，已经变成一个连门都不愿意出，却还要在北方大雪纷飞的冬天，四处找南方大棚草莓来泡酒的酒鬼，怕不是要好好珍惜自己现在的体重了。

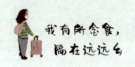

但是想到马上就要去日本觅食的时候，还是忍不住露出了一丝微笑。微笑之中透露出我是吸口凉风就饱的社会主义接班人兼未开先凋的祖国花骨朵和雪天凌晨两三点钟的太阳。

这些远远乡，都油腻得不可思议。可我是多么喜欢这样的油腻。近来常看加缪的书，他的文字总是带着星辰大海般的闪光。在我看到这句话之后，我决定变成一个信仰加缪的人，他说："过去，我只有嘴巴是自由的，我在早餐时把它扩大到面包片上，我一整天咀嚼着它，我在世界上带着一股因自由而甘美、清凉的气息。"

在羊有一百种死法的高原

作为一个祖籍江西、出生于湖南、生长于深圳、在山东上学的HBS(Hunan born Shenzhenese)，我对自己的归属地一直存疑。从小长大的深圳是我停留最久的地方，春节却在岳阳的餐桌上吃着腊鱼、腊肉、攸县香干，清明节又在彭泽的田野里看着漫山遍野的油菜花，出来读书却又在北方难得的雨夜疯狂想念虾饺、糯米鸡、凤爪、蒸排骨、云吞、猪手面、肠粉、猪肝粥、艇仔粥、鱼片粥、濑粉、奶黄包、叉烧包。对于这些已经走远的熟悉菜肴，简直有整个世界森林里的老虎全都融化成黄油那么喜欢。

饥不择食的时候，学校西门外的永和大王也能暂时告慰我饥肠辘辘的肚子，即使我知道这只能消费我对干炒牛河的热爱。而到了外地，跟散落在

肠粉 理所当然地认为肠粉本来就是这样的。

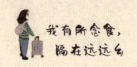

各地读书的朋友胡吃海喝时，我又成了老济南把子肉和滕州菜煎饼第一吹，酒足饭饱实在是惭愧。

但是涉及吃甜还是吃咸的原则性问题时，我还是深刻地意识到南方水土潜移默化滋养出的习惯一时改不过来，味蕾深处的那个故乡也一直存在。我一直标榜自己是南人北胃，最后还是发现自己喜欢馄饨多过饺子。离开家的时间越久，就越在异乡搜肠刮肚地寻找一点点粤菜的蛛丝马迹。以前在家里吃肠粉的时候，理所当然地认为肠粉本来就是这样的，在济南网吧楼下烟雾缭绕的小店里才知道，原来里面还可以加玉米和生蚝，再由思乡心切的重庆妹儿淋上一层辣椒油。和善的老板面对他是不是广东人的问题，笑盈盈地说广东和山东都是东字辈的，差别不大。在呼和浩特大召寺前才知道米皮对一碗肠粉的致命影响，米皮不筋道，用什么汤汁也无济于事。天津马路边小推车上卖的加了货真价实的双汇火腿肠的肠粉，把一碗好端端的肠粉彻彻底底地伤害透了，余味极糟。每当我吃到一碗不正宗的肠粉时，总是眉头一皱，我终究是一个广东人啊！

这次"塞外小北大"的东湖划水总司令带着我领略内蒙古的塞外风光，豪情万丈，大手一挥对我说："我们内蒙人，吃肉都是用刀割的。"我们两个小姑娘一人一根羊腿，直接上手用刀割肉，喝着大窑嘉宾的时候也是毫不

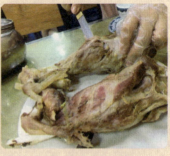

🌿 手抓羊肉 在内蒙古，羊有一百种死法

含糊。我眼睁睁地看着内蒙古肥美的草原将一个爱吃椰子鸡、榴梿鸡、猪肚鸡的姑娘变成了一个头头是道，向我介绍内蒙古羊的一百种死法的套马汉子。她向我力荐大召寺门口的羊肉烧卖，在我以为会看到早茶店里的三个晶莹剔透的小烧卖时，却看到一屉八个拳头大小的纯肉烧卖，或者说包子，这顿饭再加上两个羊腿，我们扶着肚子撑着墙走出去的步伐有些艰辛。

🌿 奶制品 真正放不下的，只有筷子

而且连骆驼也不放过。驼峰是用来做馅饼的，味道偏膻，绝妙的口感软中有硬，十分有嚼劲。但是不得不说，内蒙古的奶制品可以毫不费力地睥睨八方。就像在广东豆腐的存在形态可谓是绞尽脑汁、物尽其用一样，这里的奶制品以其形式多样使产奶的牛羊受到了最大程度的尊重。奶皮子、奶酪饼、酸奶炒米、奶豆腐、酸奶饼、奶干、奶酪条、奶嚼子、咸奶茶……味道实在是入口难忘。在塞外的蒙餐馆里，真正放不下的，只有筷子。

要是放我在这里读四年书，我一定会胖得有碍观瞻、曲折紧张吧。

现在窗外下着大雨，内蒙古的雨很有意思，五分钟之内来了又走，只留下一地的潮湿，踪迹全无。我的酸奶炒米快要见底了，却还要过一夜。明天

要去草原，过几天又要回到北京。

这一年来，看到了很多风景，离开了我生活了很久的小池塘，离开我习以为常的深圳，才发现原来"深圳"这两个字支撑着千万人沉甸甸的梦。但我还是相信，江河湖海，哪个都可以更大，更好。的确都是好的。就是偶尔觉得世界很空，生活很咸。菜更咸。

故乡的味道就像《重庆森林》里那间总是在街角的小店，已经习惯了每天路过，随手带上一份厨师沙拉。吃到带着血丝的白切鸡时还是会怅然若失，心里像失落了什么，而又失去了一只优秀的白切鸡的填补，只剩下一个纯粹的空洞被弃置不顾。

在一个下午的三点钟，阳光透过窗户，桌子反射着金色的光线。我的筷子就躺在抽屉里，却缺少一只韧劲十足的白切鸡的陪伴。即使有在知名禽类世界五百强餐饮企业打工的同学带回来的超值二人餐，并独自围攻一份薯片，一个广东人心中也还是有遗憾的，不足为外人道也。

港式茶点其实和粤菜有很多共通之处，港式鱼丸和潮汕牛肉丸在我心中的武林一直是势均力敌的南派和北派，掌门人分别是旺角和下梅林。但是我可能和港式有仇，吃了两次港式茶点，失去了两个人。一次在香港，一次在北京，都是在七月。

港式以后只敢一个人吃了。

还是喝早茶有意思，不管是蒙餐还是粤菜的早茶，都是慢悠悠、温温暾暾的，和老友一起聊闲天儿，一屉一屉地吃完，一盘一盘地撤下去，特踏实。回不去的从前，跨越不了的河流和翻越不了的山川，都短暂地消弭了，尤其当我们在风沙肆虐的高原上。

写到这里突然发现，作为一个文学老流氓，我又跑偏了，本想写写蒙餐，却又绕回了粤菜。用一句老郭送给于老师的话给我八月份才能吃到的早茶、才能见到的老宝贝儿们："山河远阔，人间烟火，无一是你，无一不是你。"

人烂情真。

我在重庆待不下去了

在重庆的第一天，我就放弃了白天出门的计划。飞机两点在江北机场一降落，扑面而来的窒息热浪就让我十分担心，要是我走着走着，鞋子熔化在路面上，拔丝鞋底是很让人尴尬的。而在我投奔的重庆地头宝批龙的坚持下，我们终于在依旧烈日高照的下午四点出了门，并成功在仍然阳光明媚的六点半气喘吁吁地到达了火锅店。

做攻略之初，我朋友就很贴心地为我提供了诸多选项：1. 山坡上吃火锅；2. 荷花池边吃火锅；3. 防空洞里吃火锅；4. 长江边吃火锅；5. 船上吃火锅；6. 离住的地方近的店里吃火锅。我是一个对吃非常有执念的人，并且一直记得上次十月份在树影重重凉风习习的山上，一顿火锅吃到半夜的快乐。身边的诸多文青乐此不疲地对我说："呼家楼的火烧云吃起来有云南烟雾缭绕、人间仙境的味道。""新光天地的 KOI 有台北夜市热闹非凡、人头攒动的烟火味。"其实吃了什么并不重要，重要的是从昌平坐一个小时地铁去东三环，排两个小时队就是为了一口南方的山清水秀，这精神，讲究。于是我们背负着沉重的精神压力，放弃了最近的火锅店，左绕右绕，终于在双腿开始发抖之后找到了在半山腰上的火锅店。

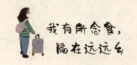

❦ 吃一口就泪流满面

　　我已经发誓,回深圳的整个暑假我不会再吃火锅了。这段时间傣菜的铜锅牛蛙、北京的铜锅涮肉、日式寿喜锅、蒙餐涮羊肉,加上我重庆朋友充满关怀与妥协的鸳鸯锅,实在让我有一点应接不暇、"胖"若两人。

　　重庆火锅重在吃料,因此一碗油到减肥计划被强行搁置的香油,加上半碗吃完跟你说话都是真朋友的蒜瓣儿,再加上一勺滚烫的红汤,基本上能让一个在广东长大的湖南人在短时间内脑中嗡嗡作响。

　　我对火锅的理解一直停留在潮汕的牛肉火锅,一锅跳动的牛肉丸,加上一勺沙茶酱,最后在肉香醇厚的锅底里下一盘粿条,舒坦。要不然也是北京的铜锅,一锅清汤,几碟软糯的牛眼肉,配上麻汁儿,最后用一个芝麻烧饼收尾。什么都比不过这一口。但是重庆的火锅菜相比而言就十分丰富了,腰片儿、虾滑、鹅肠、鳝鱼、肥肠,尤其是牛百叶,粗糙的表皮沾满辣油,还挂着一两颗花椒,吃一口就泪流满面。

　　我一直在红汤中间小得可怜的清汤锅里面涮肉吃,但是没多久之后这锅清汤就光荣阵亡了。有重庆人语重心长地跟我说，要好好珍惜这个陪我吃饭的朋友，毕竟不是每个重庆人都能妥协接受一个鸳鸯锅，这不亚于往广东人的菠萝包里加菠萝，或者把肠粉里的腊肠偷梁换柱成香肠。

不过这里的甜品做得确实没挑儿。红糖糍粑外脆内软，红糖黏稠得能映照出我油光滑亮的脸和冒着热气的头顶。醪糟汤圆醇香浓郁，即使舌尖还残留着饱受辣油摧残的麻木感，也愿意喝一口滚烫的醪糟。

没想到在重庆的第一天，重庆就以这样热情似火的温度和一顿让人走不动路的火锅迎接了我。实在是有点消受不起。

第二天早上叫醒我的不是闹钟，也不是中午十二点的太阳，而是从厨房传来的香味。我朋友作为一个优秀的"世一大"文博姑娘，熟知重庆各条大街小巷的馆子，对牛角沱的法国、黄泥塝的

甜品 天大的碗大不过我高兴

小伦敦、狮子坪的北海道如数家珍，还能准确地避开任何一个名不副实的网红景点，带我在轻轨站感受山城的起、起、起、起，落、落、落、落。不仅如此，她竟然在这样一个阳光明媚而我迷迷糊糊的早上，或者说中午，烤起了芝士蛋糕。我还瞥见灶台上的锅里煮着通心粉，咕嘟咕嘟冒着泡。想起昨天晚上，我跟同学说没有人能体会到失去韧劲十足的白切鸡陪伴的广东人的寂寞，突

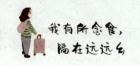

然好像也变得没有那么寂寞了。

昨天晚上吃的油太重了，今天想吃素一点的，因此通心粉里没怎么放肉。万万没想到里面加了一大坨"活该找不到对象"黄油、三种"今天妈妈不在家"奶酪，最后还在顶上加了一层"情意绵绵"拔丝芝士。我忧心忡忡地望着逐渐在烤箱里熔化的芝士，一勺一勺地吃着刚刚放凉的芝士蛋糕，默默告诉自己天大的碗大不过我高兴。

吃完饭，室外温度还没有达到适合人类生存的程度，而我们又是闲不住的主儿。两个人一拍即合，打算烤一盘蔓越莓饼干。我为这一盘饼干作出了巨大的贡献——切蔓越莓干，然后就只能一脸崇拜地看着我突然化身为中华小当家的朋友打鸡蛋、加糖霜、和面、装模具，行云流水，一气呵成。只是在看我朋友毫不手软地倒了半碗糖霜进去的时候，我面色不自觉有些凝重，嘴角不禁抽动了几下。

当饼干在烤箱里发出阵阵香味的时候，我只觉得整个人被温柔地笼罩了起来，这是行走在奶黄包上的柔软，或者是看着西多士上的黄油熔化的舒坦。这种舒坦还来源于很久没有回家的我特别怀念几个人围着厨房，进进出出、忙里忙外的感觉。每次在济南，只有在老师家能简单地做饭，吃上我同学炒的念念不忘番茄炒蛋。最近一次是在北京和多年老友一起吃超豪华三明治，特别快乐。油烟机的轰鸣声除了能告慰我饥饿的胃之外，还能带来一种久违的安定感。

后来，我朋友伟岸的父亲，在听说我不撞南墙不回头，不到黄河不死心地想吃头刀菜之后，从老家潼南带了两大盆头刀菜回来。由于原料的影响，为了压腥味，头刀菜放料尤为重。

鲜咸十足，脆中带糯，吃了这么多年的肉，忘不掉的还是下水。不过桌上红彤彤的一片菜肴，实在是有点让人望而生畏，重庆肛肠科医院一直以来在国内傲视群雄不是没有原因的。一顿红油梁山鸡、红油红油江鱼、红油红油红油头刀菜之后，人未免感到有些疲惫，但是这并不妨碍我和朋友在半夜两点突然袭来的饥饿面前拿起手机，点了一份烧烤。

重庆的烤脑花和我在别处吃到的都不同。这边的脑花原料处理水平相当一般，但是贵在放泡椒，又酸又辣，配着喝一瓶"肥宅快乐水"不在话下。广东的人喜欢味道寡淡的脑花，感受脑花本身的味道和口感，但往往对食材有很高的要求。而在北方吃的，口感大打折扣，最不能忍的是我吃到过一次没有揭膜的、倒胃口的程度不次于没洗干净的大肠。重庆的深夜负罪忘忧烤脑花，入口即化，辣味浓郁到叫人神魂颠倒。配上一碗醪糟，爽快！

如果说深夜点烧烤是一件很荒唐的事的话，第二天早上我发现我朋友在我床头眼巴巴地看着我，自言自语道："送我点的生煎包的小哥是热晕在路上了吗？"那在桌子上放着有四张脸大的梁山鸡，就是另一件更加荒唐的事了。昨天晚上五点，我们本来信誓旦旦地说一鼓作气等到早上八点生煎店开门，做全重庆第一个吃生煎的人，没想到生煎的吸引力还是没有抵得上吃饱喝足之后的沉沉睡意。

这次我学到了绝对不要低估一个重庆人对往各种不可能的地方加辣椒的热情。生煎馅里加辣椒算是下下等创意了，我只佩服辣椒巧克力蛋糕，又辣又咸又甜，为我当天逛街的好心情蒙上了一层厚重的阴霾。

不过不能否认，这份我朋友从济南惦记到重庆的生煎真的可谓是不负众望，皮薄馅大。北方的生煎皮比较硬，有嚼劲，但是重庆的生煎皮颇得小笼包的真传，细致筋道，很妙。就好像济南

🌱 生煎包 做全重庆第一个吃生煎的人

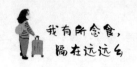

的高第街怎么也不能理解虾饺的皮能兼具软糯和韧劲,实在可惜。虽然我很介意有人说我哭的时候很像一个包子在挤它的灌汤,但是突然发现一个包子一口咬下去往外不停地挤灌汤是一件多么让人快乐的事情啊。下面焦脆的焦壳实在是点睛之笔,使整个生煎软硬调和、口感丰富。我在老家吃柴火饭的时候,最爱的莫过于铁锅旁的一圈锅巴,后来在深圳吃得少了,慢慢地老家也用起了电饭煲,就再也吃不到了,只是偶尔会很怀念大白米饭烧煳了的味道。

某个皇帝说过:"大米饭埋不住四喜丸子。"我一般不记皇帝说的话,但是这句我一直当箴言谨记。

大早上的,面对这样一盆红得发黑的梁山鸡和两盒生煎是一件很让人发愁的事情,尤其是在我的胃已经在重庆饱受摧残之后。再看看窗外红彤彤的太阳,实在觉得我在重庆是待不下去了,再这样下去,还没有拥有有趣的灵魂,我就要两百多斤了。

使不得,使不得。

离开重庆之后,我坐在家里好不容易喝上了一次正正经经的汤,既不是十分钟速成的勾芡番茄蛋汤,也不往里面加胡椒粒、花椒面。竟然觉得清汤寡水,未免寂寞。突然想起我朋友在吃烧烤的时候,贴心地买的一盒外地人求生特供——白糖拌西红柿。

我觉得十分温暖,虽然在这样一个炎热的天气里说温暖是很奇怪的。

把我喂胖的重庆人

十一点二十一分，我迷迷糊糊地醒了过来。听到窗外的蝉正喋喋不休地鸣叫，厨房里传来一阵阵水声和锅碗瓢盆撞击的声音，看来天天已经起床了。天天是我上铺的好姐妹，正儿八经的重庆人，将来大三是要下工地挖遗址的文博英雄好汉。

当我们在宿舍里惦记着上哪儿吃火锅的时候，她总是不动声色地微微一笑，毫不委婉地拒绝重庆之外一切城市的火锅，并礼貌地询问我们是想吃开水涮肉（北京铜锅涮）还是开水煮白菜（潮汕火锅）。

有一次她收到了两包从重庆寄来的火锅底料，这在很长一段时间里告慰了她的思乡之情。在无数次蠢蠢欲动想泡水喝或者带到食堂要求加到甜味麻辣香锅里未果之后，她最终放弃了打开这两包火锅底料的冲动。一边看《火锅英雄》，一边把一碗双倍辣的火鸡拉面吃得津津有味成了她思乡的方式。一次期末临近回家的时候，一舍友在泡感冒冲剂，而她闻出了火锅味，并言之凿凿拉来了另一个重庆人。结果相当不出人意料——这两个重庆人都出现了幻觉。

都是异乡人啊。

后来，在机缘巧合之下，我知道了她不仅泡得一手好泡面，而且在一群如狼似虎的同学和堪称“甜品垃圾桶”的弟弟鼓励下，成为五分之二吊子烘焙大师傅。之所以不是半吊子，是因为她的奶酪滑蛋三明治实在令人瞩目，抢去了风头。

但是，实在没有意料到，我在她家的第一个早上就以如此美好的方式开始了。之前看到过一句话：大概每个武汉人都能嘚瑟地说，叫醒我的不是闹钟，而是隔壁街飘来的热干面、豆皮、牛肉粉、面窝、汤包、蛋酒、豆浆、豆腐脑的香气。而我今天是被从烤箱里冒出来的芝士蛋糕味叫醒的。之前觉得写诗这种事总要风花雪月，把酒言欢，现在却觉得什么快乐都比不上看着一盘半凝固的芝士蛋糕服服帖帖躺在烤箱里，慢慢变得焦黄，表面上冒出气孔。饿着肚子刚醒来的时刻，我只想谈谈关于一盘冒着香气的芝士蛋糕的一切。

从此之后只会做饭，不会写诗。

我很羡慕卡夫卡的早晨，在餐厅吃一份奶蛋酥，去森林散步的路上吃一把浆果，浆果黑红色的汁液染得满手都是，散完步回到酒店吃一顿漫长的午饭。卡夫卡说他会被这样安逸的早晨毁掉的，最后他的确被毁掉了，可惜不是以这么美好的方式。

在芝士蛋糕逐渐成形的过程中，天天往烧开的水里哆哆嗦嗦倒了半盒通心粉和四种不同的奶酪。我预料到这是一个要把我毁掉的早上，心中甚至有一点小期待。加了奶酪的通心粉变成了一锅浓汤，颤颤巍巍冒着气泡。在另外一个小锅里，天天炒起了罗勒、香芹、火腿丝和面包糠。她说她的秘诀就是多加自己研磨出来的胡椒粉，主要是解腻。毕竟重庆人的胃说到底还是认餐桌的，没放花椒、胡椒、辣椒面儿，算是给奶酪通心粉留足了面子。

当芝士蛋糕在烤箱里冷却的同时，厨房里的工作进入了通心粉装盘、摆顶料、放马苏里拉芝士的步骤。芝士在余温的烘烤下慢慢软化，变得黏稠，相互纠缠，混合着奶酪散发出充满脂肪味的香气，像是一头扎回子宫里。

芝士蛋糕被请出烤箱，让位给蠢蠢欲动的烩通心粉。蛋糕表面在冷空气中变得焦黄，表皮微脆，里面十分松软。天天很紧张地搓搓手说，其实是她怕烤的时间不够，蛋糕会塌，所以差点烤焦了。我倒觉得挺好。上一次让我念念不忘的还是在拉萨吃的酸奶蛋糕，当时故事以我在饭店里等到关门，低价买走了所有蛋糕，高兴了一整个缺氧的晚上结尾。

吃完饭之后，天天作为一个在吃的路上执着到几乎走火入魔的优秀大学生，想要一展身手，因此决定再烤一盘蔓越莓饼干。说天天魔怔是有原因的，毕竟某天早上她提着刚等来的外卖，在床头眼巴巴地盯着我，直到我不好意思地爬起来，去门口拿了24个汁水横流的生煎包。

并且她颇有几分责备意味地说本来昨天深夜就看好了生煎店早上八点钟开门，没想到竟然因为没听到闹钟，失去了成为全重庆第一个吃生煎包的人的机会。后来我看见她朋友圈里赫然写着"我等的外卖，它在多远的未来"，背景是一只忧郁的肥猫。我差

芝士意面 这是一个要把我毁掉的早上

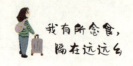

芝士蛋糕 我怀疑人们密谋让我幸福

点就要露出老态说出"我和你妈都是为你好，请不要再吃下去"这种话了。

可是蔓越莓饼干还是要做的。天天把一个考古工作者的所有严谨都用在筛面粉和称重上了。面粉过筛是使用分离地层泥土中杂质和种子的纯熟手法，称重是记录遗址中泥土水分、有机质、无机质的精确计量。在考古实验室里用小坩埚分装不同地层土壤的那个下午，我们不断地将坩埚称重，送入烤箱，

最终计算出土壤的成分和地质的变化状况。最后她悄悄问我觉不觉得我们像烤了一个下午的蛋糕，我觉得这个问题要小声问，不要被老师听到。但是我是同意的。从此之后这间考古实验室在我们心里就成了烤蛋糕基地。

材料准备好之后，剩下的工作就是用我们写形势政策练出肌肉的手搅匀所有食材。像天天这么优秀的"西点"军校未毕业生，往里面放半块黄油和半碗糖粉，当然连眼睛都不会眨一下。顺理成章，理直气壮。搅匀之后装入模具，压出四四方方的形状来，在冰箱里冷静一个小时再拿出来切块，摆盘。看到未成形的饼干整整齐齐躺在托盘上的样子，我觉得很有艺术感。有一篇用蛋炒饭解释绘画艺术流派的文章我一直忘不掉，叫《蛋炒饭学派发展简史》，里面的古典主义蛋炒饭和浪漫主义蛋炒饭派系之争实在很妙。而看着饼干在烤箱里膨胀，蛋香味逐渐充溢整个房间，又是一件可以毁掉哲学家的事。我怀疑人们密谋让我幸福。

最终我们把带着焦煳香味的滚烫饼干吹着气，吃了下去。手机在放歌："你说扬州、柳州、兰州的晚餐都不如你做的美味，半只鸡加咖喱，加咖喱，加咖喱、豆芽和烧开的水。"第一次听这首歌的时候我抱着半个西瓜，用勺子挖西瓜吃，听到这句就停了下来。能让我放下勺子的事情，其实不多。几天之后告别了这个重庆人，却一直忘不掉这样度过的上午和下午。

我原来不怎么喜欢董桥，但是想用他的一段话表达些什么：

"我怎么才能让你看到我身体里正在下着雨呢？"她说。在《向杨柳说再见》那首诗里她说："有一种感觉向我侵来。我知道我并不孤独。有一些东西告诉我，我们离家已经好远好远了。"想什么说什么，尤其在这样的一个下午里。

故事是我编的，饭我可都吃了。

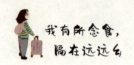

四川人的浪漫主义

其实川菜，作为广东人我是拒绝的。广东喜欢原汁原味，再不济在北方也讲究原汤化原食，可是在四川、重庆，花椒油和辣椒面一放，不管什么都是一个味道。四川人的血管里流动着的是辣椒油吧！

虽然我重庆的朋友不止一次向我表示了对成都火锅加蚝油的不屑，她说一盆火锅应该有不带一丝甜味的自我修养。但是成都火锅的花椒油碟让蚝油的甜味黯然失色，我麻木的舌头从第一口之后再也没有尝到辣之外的任何味道，从此之后我再也不相信他们口中的 "吃嘛，给你点的微微辣，真的不辣的"。反正微辣和微微辣之间只是三斤辣椒和两斤半辣椒的差别。一顿火锅吃完，用来沥油的三海碗大白米饭都满面红光，碟子上从卷曲的鸭肠和翻着花的腰片上扒拉下来的花椒粒星罗棋布，竹荪酒的臭袜子味都喝不出来了。

早餐倒也相当简单，小面和担担面的差别，仅仅是红油多少的问题。美好的一天，从辣椒油醍醐灌顶开始。单纯的卤煮太单调，那么就让它们浸泡在滚烫的红油里，不论荤素，都能让人吃得七荤八素的。对于一个从小在每一家肠粉店都有自制酱油，坚信没有自家味道的肠粉店都没有未来的广东人来说，川菜，确实有点糙。

四川人的血管里流动着的是辣椒油吧!

　　但是，四川人对情怀的讲究，我从来没有一丝怀疑。成都的第一顿火锅，是在荒无人烟的郊区吃的，从城区开车上高速，翻山越岭要好几十分钟，最终到了一片荷花池边。当地的朋友见面就开始懊恼，天气预报说好了十二点下雨，却看不到一点云的影子。他说他昨天特意过来踩点，看了天气预报，算好了今天在亭子里热气腾腾煮着火锅，雨打在亭子上，淅淅沥沥，用雨帘遮挡阳光。还能听见夏季落得很急促的雨，打在残荷上的声音，四周树影摇曳，一两尾鱼在水中游动。岂不快哉?

　　可是生命就是你期待长出莲花，长出的却是肥嫩而软腻的蹄花。雨不下，但是空调还在，只能连锅带菜一起搬回室内。在我汗流浃背和一片比脸还大的牛百叶搏斗，被溅了一脸花椒油的时候，想起上次重庆的伙伴，兴味盎然地提前好几天在江边的山上订好了露天位，并在四十多摄氏度的高温下不断催我出门，为此差点打起来，就是为了能坐在最靠边的位置，一边吃火锅，

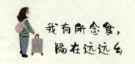

🌿 担担面 美好的一天，从辣椒油醍醐灌顶开始

一边看日落。而且不管第三四次给冒烟的火锅加水的阿姨怎么翻白眼，都坚持要等到江边的灯亮起的一刻。身边两米宽的大风扇呼呼地吹，她的头发掠过油碟，扫过醪糟汤圆，在火锅上方打着卷，呼在脸上，她对着夕阳，笑得有滋有味。

后来，我在船上吃了一盆惊为天人的酸菜鱼。船宴不少见，尤其是对我们这些在海边长大的人来说。深圳的海边，一溜鱼排，慢慢晃悠走上十几分钟都不到头。广州的珠江上，歌声阵阵，一碗墨鱼面吃得人像个怪物。东江的虹鳟鱼宴，鱼排上养着大狼狗看家护院，但这些都比不上成都一条不知名的小河上，一条铁皮顶的破船来得有意思。铁皮顶不是寒寒酸酸用来遮阳的，是用来听雨的。船顶上有一条同样寒酸的水管，扎了几个眼，哗啦啦往外喷水。水落在铁皮上，滴滴答答地响，听着听着暑意就消失了一半。从船里伸出一根钓竿，一边等鱼上钩，一边等鱼上桌。我在北方待了一年，才明白听雨的奢侈。有一天晚上听着衣服滴水在窗台上的声音，迷迷糊糊以为下起了雨，爬起来看了很久，才想起来济南的雨是很金贵的，轻易是不下的。在广州独居的时候，一天晚上听着雨声，不能入睡，直到天光亮起，六点时门外响起扫地声。这样能下一整夜的雨，很久没见过了。这么吃饭的时候喝别的没意思，还是要喝红星二锅头，能看到海市蜃楼。

在都江堰游玩，遇到了一个"野导"。靠连人带车拉到都江堰另一侧的入口，顺便讲两句想象力丰富的历史介绍混口饭吃，很有意思。

他说要早点回家，酿的酒要放酒曲了，他要回去盯着。每年玉米收割的季节，他们都会买上一千斤玉米去酿酒，家家如此。每家每户的酒都有自己的味道，年份富裕就掐头去尾，只喝中间的一段，不然就酿淡一点，酒味寡淡，将将就就也能喝一年。他还抱怨外乡人蜂拥而至，来看他们的大水坝。之前夏天暑意最浓的时候，在上游架一张桌子，撑一把伞，半条腿泡在水里，呼朋唤友能打一天麻将。现在游客来了，架桌子也要收钱，麻将只能回家打了。对他们来说，悠闲的生活有致命的吸引力吧。

乐山市井气很重，一到傍晚，满大街的三轮，带着郊区的收成就出现在

悠闲的生活有致命的吸引力

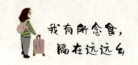

大路上了。也不管在什么位置，最好是人最多的十字路口，往路边一停，十里八乡都能听见的大喇叭开始嚷嚷。还有推个小车卖炒粉炒饭的，传说中的黯然销魂饭往往是由穿着大裤衩、趿拉着凉拖鞋、耳朵上夹根烟的油头大爷炒出来的。要是有穿着睡衣、带着小孙子的大妈，或者是满脸疲惫、刚刚加完班的小情侣轻车熟路走到摊前对他像对暗号一样说出"照旧"，那他可能真的是身怀绝技，隐藏在民间的大侠了。果然，在吃完一两藤椒馄饨之后，大爷手下一锅油星儿四溅，潇洒豪放，炒一锅洒半锅的豇豆炒河粉让乐山夜里十点的小风，吹得让人想边吃边在马路牙子上坐着抖腿。

　　映秀别有一番风情，纳西族的风俗和饮食特色别具一格。没想到干货颇多，边在市场上转着，边盘算着可以煲什么汤。突然看见朋友说要用松茸打成泥包饺子，感叹暴殄天物之余，打量着路边一捆一捆的干蘑菇、挂在房梁上的腊鱼腊肉，下定决心要成为一个能把烤鹌鹑蛋吃得和黄油煎松茸一样香的人，那就此生无憾了。

炸南瓜花和井冈山的夜雨

在井冈山吃的第一顿饭,又野又鲜。在夜色深沉的雨中,走进一家小餐馆,里面只有老板夫妇和他们在昏黄的灯光下写作业的孩子。

外面雾气沉沉,山里的雾很浓,被月光笼罩着,简直分不清他们脸上蒙着的是油烟还是月亮的影子。

农家做饭大刀阔斧,按照时令,有什么吃什么。

一盘还在收缩的炸南瓜花,裹着薄薄的鸡蛋面糊,带着爆裂声在桌上扭曲变形。果然,油炸和碳水化合物,最能让人的精神为之一振。面糊比别的地方厚实一些,南瓜花存在感并不强,吃起来就像炸得很香的鸡蛋糊。

和济南吃炸荷花瓣一个意思,就像炸玉簪花和玉兰花,鹅黄裹玉煞是好看,无非图个时令和新鲜。

还有一盘新鲜地耳,简单和辣椒炒过,像海带混合木耳的童年时代。还有滑溜溜、脆生生的脚板薯,一盘和熏肉同炒的腌笋。

腌笋用的是春笋,比冬笋粗糙些,更适合这样紧实的口感。不过新鲜炒的冬笋和春笋一样,都要有熏肉的陪伴,清炒冬笋的熏肉是这个冬天新做的,入味还不深,却有点石成金的作用。笋本身固然鲜美,但是加了熏肉就立刻

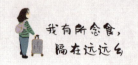

炸茄盒、南瓜花 农家做饭大刀阔斧，按照时令，有什么吃什么

拥有了层次和变化，就像新酒兑陈酒，笋的鲜脆非要用肥多瘦少、晶莹剔透的咸肉相伴。

值得回忆的还有一盘醋鸭，山里这样的食材不少，但是以醋入鸭并不多见。山里的动物从不圈养，腥膻味也大些。

放醋，往往不是为了酸，而是为了去腥，而且明明油脂肆意漂浮，却吃出几分清爽的味道。

推而广之还有一番哲理，这就像红烧肉放糖，不是为了甜，而是为了烘托肉香；往锅包肉里放醋，是为了更显得汁浓肉嫩；往羊汤里放胡椒粉，不是为了辛辣，而是为了提出羊汤的鲜，化解油脂的腻。一些单纯的调味，其实往往志不在此，别有意味。

红光满面之际，盛一碗青菜泡饭，打过霜的青菜带甜味，清甜无比。推杯换盏之间，已是深夜了，但也不管，照吃不误。吃饭还考虑卡路里，对饭太失礼了。每个晚上都是陈晓卿所说的："夜阑卧听风吹雨，粥粉面饭入梦来。"这样才好。

吃完饭外面的雨又细又密，远处山脉略施彩色，意境萧索。在这风雨如晦之际，愈是宁静。夜里下了雨，清晨的雾又很浓，全部凝结在了树叶上，随着风的方向延伸，结成了硬硬的冰�子。

在有大雪的济南也见不到这样的雾凇，因为水汽不足，枝干也是光秃秃的。多少有些单调。

下山的时候路上结了冰，雾气未散，只能一头扎进雾里。两边的树林都挂着白霜，山坡上的竹子都被雾凇压倒在地上，远山在雾中若隐若现，更远处只有白茫茫的一片。

到了山下，雾气散了，却是大雨倾盆。

说到上井冈山，想到的总是红色之旅。高中秋游，也在这里夜晚的篝火旁度过欢声笑语的几夜，回去齐刷刷交上了慷慨激昂又伤春悲秋的游记，说些什么"悲凉之雾，遍被华林"。

其实敬佩之余，悲伤倒是无从说起。伟人从这里星火燎原，打下江山，我要敢说黯然神伤，倒还真是膨胀得不得了。就像前两天，王虎子笑说："看到有人说同情李白，要是我们也能拿着皇上给的金山银山，吃喝玩乐，安身立命，最后能写出名留千古的诗篇，再来说同情谁谁吧。"对于这种肤浅的观点，我深表认同。从此只能克制自己的悲悯之心，免得引人发笑。

上井冈山已经很多次了，我爸每年必来，十余年不断，为了缅怀先烈，上北山献个花篮，往往上午来了下午就回去。

在那里，雨后的风、山里的雾都很宁静，不忍打扰而已。

我也来过多次，但都是夏天，这次赶在冰雪封山之前，算是第一次。

雾凇

铁锅炖冬天

从深圳辗转到哈尔滨，刚好赶上一场大雪。去年来的时候零下二三十摄氏度，却不见一片雪花，今年在机场就看到了漫天的大雪。

粤犬吠雪，很是高兴。

这次来不为探幽览胜，两肩担一口，还是去吃饭吧。而且东北文化和习俗的大一统，堪称全国之最，餐桌上当然不会乏味。我上过的餐桌灿若星河，但是东北人盘腿上炕，码好了酒杯，还是让我心里一紧。

冬天的夜晚，属于铁锅炖大鹅。如果没有铁锅炖，东北就不再是东北。

铁锅炖我吃过很多次，并不需要多么惊世骇俗的厨艺，走的就是原始、粗犷风。大多数时间，都有一群穿着大红花夹袄的扒蒜老妹儿，用和丫蛋一样的小甜嗓子一通老舅、舅妈地喊。

桌上摆着一个老大的保温壶，装着大楂子粥。大人踩箱喝啤酒，小孩人手一杯格瓦斯。跟澡盆一样大的铁锅里，咕嘟咕嘟炖着油豆角、糯玉米、土豆、排骨、大鹅、粉条，沿着锅贴了一圈锅出溜。单吃肉不免显得吝啬，还得蒸上主食，这才算是安排上了。等差不多炖好了，再往上加一个蒸屉，放上小花卷，用蒸汽蒸熟了，一桌人也用凉菜将将垫了个底，就可以揭盖开吃了。

　　吃上一盘酸菜炒土豆丝，胃口就被打开了，盯着锅盖的眼睛就瞪直了，等待着姗姗来迟的大鹅。锅包肉安排上，把酱汁浇在滚烫的酥肉上，用酥脆反衬绵密，用酸甜消减油腻。但是这都只是热身而已。

　　东北的冬天太冷，锅一定要够热。

　　大家眼巴巴地望着桌上两口盖着木锅盖的铁锅，尽力去理解大鹅和排骨焦灼的心情。土豆炖出了粉，油豆角炖散了架，玉米煮开了花，混合着大鹅那黏糊糊、油腻腻的油脂，冒着泡泡，在锅里闪烁，灿若星辰。那不是夜晚的死敌，那是长在肥厚皮下的冬雪。雪白的脂肪开放出雪花，我们在含苞待放之际加以采集，在嫩芽初吐之时加以收割。

　　吃一口肉，喝一口酒，把大棉裤一脱，春姑娘就来了。

这次的铁锅炖大鹅来得还更魔幻些。门口摆着两箱冻梨、冻柿子，还有穿着羊毛夹袄的大爷兜着圈子卖冰糖葫芦。

冻梨在冰水里泡一会儿，芯化开了，把外面的冰壳子敲掉，从皮上撕一个小口，就能吸到酸酸甜甜的梨汁儿。用口腔的温度唤醒果香的第二春。

本来饥饿如同悬挂在牛顿头顶的苹果，摇摇欲坠，一下子就跌落下来，砸中一只满头大汗的肥硕大鹅。

进到里面，更是柳绿桃红、花团锦簇，就像大观园的一众姐妹跟着刘姥姥回家一样，刘姥姥的水桶腰后跟着个叫二丫的小姑娘。

桌子变成了热炕，上面炖菜，下面还能烤火。人围着桌子坐了一圈，背后的木头围栏上绑着红丝带，喜庆又张扬。

不过在东北，一切休闲饮食的轮廓，都有着纵情歌舞的筋骨。在东北，卡拉永远OK，山不转水转，水不转二人转。每一个刚刚站在你桌边，帮你收拾骨碟的二丫，还有毕恭毕敬、低头哈腰一晚上的门童，换件小马甲上台，就是燥热又动感的现象级"当红炸子鸡"。三两杯酒下肚，艺术细胞被唤醒，东北小曲库开始三百六十度无死角，三维立体环绕在耳边。

我没想到小小的方寸之地，重工业铁锅炖、轻工业喊麦全都有了，真是

如果没有铁锅炖，东北就不再是东北

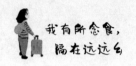

了不起！不容易啊，真是不容易。

在烟雾缭绕的热炕上，锅里蒸发的水汽带着油香，弥漫在这魔幻的餐桌前。桌上推杯换盏，我们是文明人，怎么能对瓶吹呢，喝白酒也要拿着搪瓷缸子。

还好，饮食之乐，只要不过分，是唯一不会引起疲劳的快乐。

当我走在回酒店的路上，闻着衣服上久久不能散去的大鹅味，我忍不住要说："让我们满怀热情地记住这响彻东三省万里长空的名字——铁锅炖大 né。"

卤煮劝退

我自认为是一个对下水来者不拒的逐臭之夫,甚至还追求肠壁上的油脂。下水不管配上什么,总有画龙点睛的妙用。

不管是山东九转大肠、上海草头圈子、成都冒节子,还是西安葫芦头,只要吃到肥肠绵密的油脂味,舌头一下子就活泼高兴起来。

即使在人前讳莫如深,但在无人看到的角落,我总是面带微笑,从容咀嚼。

我看过小宽描述他吃的七里香焗饭。他用"我想我已经老了"这样一个煽情如杜拉斯小说般的句子开头,可惜接下来全是"凤尾"或者"鸡牡丹"的描写。

显然这样的吃肠元老级人物、肥肠史上的扫地僧时常感叹"道可道,肥肠道",如果我们要在山寨武侠江湖自立门户,用金庸新、金庸巨、金庸原、金庸力等笔名碰瓷的话,我们的门派就叫"下水道"。

面对精致高雅人士的嗤之以鼻,我们这群逐臭之夫扬"肠"而去,不见肥肠不回头,不见肠肥不落泪,坚定地任胆固醇在口中放肆,大呼过瘾。

不管吃与不吃,下水总在那里,静静等待有缘人临幸。但是别人往往忽略,因为知味者寡。我悄悄点上一碗下水,就像打开一本禁书,《金瓶梅》也不

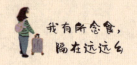

过如此，烟花柳巷也不及它，灯草和尚
闻到也会跳墙。

不管是在福建早餐面线糊里加的薄
片肥肠、用猪肺煲出的不输猪腿的汤、
欢喜热闹的芷江鸭杂粉，还是明知不好
吃也偏要试试的肥肠酸菜鱼，点上满满
一桌肥肠，如一尊卧佛侧躺在汤汁中，
界面分明、棱角粗糙、犹如斧劈。真是
"环肥燕肥，绿肥红肥，肥了樱桃，肥
了芭蕉"。

我对下水抱着极大的期待与信任，
相比浓妆艳抹的各种新派食物，它们至
少不会祸害你。直到我碰到了卤煮。实
话实说，我不理解北京特色风味小吃。

🌱 豆汁、拌粉 嘴里跟养了个动物园一样

我在故宫外的一家小店吃了炸灌
肠、爆炒腰花。灌肠其实是把淀粉灌进
肠子里，蒸熟之后用猪油炸，不过要浸透蒜汁儿才好吃。炒腰花又爽又脆，
但是不骚就不是腰花了。同理还有"不骚就不是涮羊肉了""不味儿就不是
爆肚了""不馊就不是豆汁了"。

这还不算由猪肝、大肠、淀粉吉祥三宝成就的一碗既不炒也没啥肝的炒肝，
炸咯吱要抹上亲爱的王致和臭豆腐乳，好端端的羊尾油要炒和豆汁师出同门
的下脚料麻豆腐，里面还掺着味道不明的青豆嘴儿。一盘下肚，目光呆滞。

这一圈吃下来，还怎么跟人说话啊，嘴里跟养了个动物园一样。

不过我记得汪曾祺一段话："栀子花粗粗大大，又香得掸都掸不开，于
是为文雅人不取，以为品格不高。栀子花说：'去你妈的，我就是要这样香，
香得痛痛快快，你们他妈的管得着嘛！'"所以，以此时常警示自己，吃不惯

🌿 涮菜 我是一个偏爱歪门邪道的人

就算了，我管得着吗？

要理解别人日复一日培养出来的饮食文化，还大言不惭地宣称自己不带偏见，还不如去宽阔的旷野，徒手捉住一只苍蝇。

看来跟各位吃肠达人比起来，我还算没入门呢。不过经不住小宽文字的蛊惑，我还是去吃了卤煮。

在簋街边的小路上找到一家尚未沦陷、命脉尚存的卤煮火烧店，所谓正宗，现在不过是缘木求鱼、刻舟求剑。只能尽量找人声鼎沸的苍蝇小馆，进去之后苦苦寻觅一张刚刚空掉、杯盘狼藉的桌子。

北京有很多有名的老字号都从路边摊和苍蝇小馆变成了明亮整洁的店铺，在新的街区兀自重新生根发芽。结果大多人按图索骥的市井体验之旅，却付了价格不菲的餐费，吃着味道平平的食物。

那种好脏好乱好快活的江湖况味从良上岸，就像把敦煌壁画涂得浓妆艳抹，市井的包浆不在了，大师傅还有一样的好手艺，但是吃起来就是不对味儿。

卤煮店里只有一个永远记不清你点了什么，忙得两脚不着地的爽朗大妈，话语间透着爽气。上错菜是经常的，理直气壮也是当然的。还有一个闷头在后厨煮卤煮火烧的大爷。等了二十几分钟，大妈才晃晃悠悠地端来一碗卤煮，

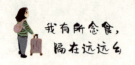

里面五花肉、肺头、小肠、炸豆腐与大肠共处，烧得你侬我侬，方见英雄本色。真是一碗热闹。

对面的大哥风卷残云吃完了一份加肠加肉加辣的卤煮，还追加了一份炸灌肠，吃出一头汗，美滋滋地嘬着北冰洋。

我面对这碗一肠欢喜一肠梦，却百般为难，下水已经被卤得软烂了，汤底又咸又厚重，五花肉肥多瘦少，大肠肥厚，味道十足，小肠内壁上还能看到白花花的油脂。

一团了无生趣的下水。

小肠的爽脆、大肠的嚼劲都离家出走了，有什么意思，简直杀死了食欲。卤汁丰腴，带着浓郁的咸味和下水颇有个性的味道一路往喉咙里钻。一口提神，两口成仙，三口不过冈。我梦想中的下水神仙聚会出现了，结果却是一场油腻到无从下口的噩梦，实在是惭愧，叶公好龙啊。

只有吸足了卤汁的炸豆腐兼具口感和味道，这种逍遥于外的美味，比如葱烧海参里的葱、卤蛋红烧肉里的卤蛋、油渣菜心里的油渣，都是配菜，委曲求全，却不自暴自弃。它们在小小的配角空间里辗转腾挪，滋味丰富又妖娆。

吃了两块炸豆腐，跌跌撞撞走出去，立刻买了杯果汁，让嘴里奔腾的动物园收敛一点，下午还要见人呢。

我发现我习惯于把下水作为一种调味、配菜的点缀，站在角落里唱个和声。作为主角，把聚光灯打在头顶上，集万千目光于一身，反而过犹不及了。

我是一个对饮食有所偏爱的人，好端端大名鼎鼎的北京名吃不找，专自讨苦吃找些沉默的餐厅和日渐淡去的下水。门钉肉饼好吃，烤鸭也好吃，涮肉更是妙不可言。我也时时谨记着栀子花的痛痛快快。

可是我依然在没有人看见的地方深爱下水，我坚信这一点。但是，当我想起这碗卤煮，心里总是沉甸甸的。

岳阳的城南旧事

岳阳这座城市很小很旧，我的外公外婆在此处老去。

我对这里的了解不多，来的时间也大多消磨在家里，很少在城市周围漫游。总感觉现在的城市都大同小异，没有太多差别，连食物都没有很多特色。只有洞庭湖南路一条街，还保留着不受干扰的原生态小社会，换个说法，就是杂乱又落魄，但往往在这样的地方最能看到这座城市的独特性格。

岳阳靠水吃水，在南街上有一个小码头。四五条破旧的渔船停在码头边，一箱一箱的鲜鱼从船上运下来，一百米外有一个小集市，渔民大大咧咧地把鱼往地上一倒，一点都不心疼。

我去的时候是一个阴冷的雨天，在湿漉漉的地上布满了一毛钱硬币大小的鱼鳞。二三十斤重的大头鱼并排摆在地上，蔚为壮观，剩下的都只能被称为小鱼，小山一样堆在地上，旁边还有成堆的蚌。

因为保存条件不好，很多鱼一上岸就与世长辞了，即使是长江里的野鱼，也只要三五块钱一斤。

除了鱼，还有湖南人乃至全国人民都热爱的小龙虾，春天的小龙虾还没有长大，肉也不多，但是已经被成箱地装起来，放上大货车，送到全国各地。

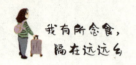

🌿 水产 靠水吃水

市场上还赫然卖青蛙和田螺，看来想要一饱口福的人不在少数。

卖黄鳝的摊子上，把黄鳝按大小分成了五六个等级。最特别的，是每个摊子上都有一条棕褐色的木板，斜斜地搭在鱼池上，木板的上端伸出一个弯钩，钩子上锈迹斑斑。只要买上几条黄鳝，小贩就利落地把黄鳝从水里捞出来，把头穿过钩子，牢牢地钉在案板上。抓住垂死挣扎的黄鳝，一刀致命，让它对接下来的开膛破肚一无所知。木板下面堆着一摊猩红的内脏，这是摊主生意兴隆的勋章。城里人对此大呼残忍，这在我看来倒是很伪善的。

只是要记住它们倘若被料理得很荒唐，那就算不上死得其所，它们倘若不能活在食客的肠胃里，才是真的死得毫无价值。

鱼的内脏倒是不会被浪费的，鱼泡和鱼子是杀鱼贩子的劳务费，被放在一起另赚一笔。鱼子刚被掏出来的时候泛着黑色，拿出来放上一会儿就变成了暗淡的棕褐色，足足有一整个手掌那么长。

岳阳的餐馆里卖一道菜，叫鱼血旺，可以想象这些鱼有多巨大。

在鱼市的对面有一家酒铺，我去的时候正在炒谷子，做谷酒。柴火烧热大锅，把稍微发酵过的谷子倒进去翻炒，谷子的香味混着酒的糟香，一阵又一阵地传出来，炒好的谷子放到阴凉的屋子里阴干。我尝了一下已经做好的

稻谷 炒谷子，做谷酒

谷酒，入口微甜，带着粮食的香味，入喉时一直隐藏在后的酒精味突然开始冲锋陷阵，不过依然是很柔顺的。配上洞庭湖里生长的藜蒿，炒一盘腊肉，春笋略微腌过，炒上咸菜，嘈杂下酒，腌过的倩影下酒，哎呀，人生不过如此。

不过最好的下酒之物，还是一个能吃能喝、能吹能侃的人啊！

再往深处走，是一个嘈杂的渔具市场，渔网吊在门口，连店铺的门面都见不到了，里面的机器还在不知疲倦地往外吐新织的渔网。旁边的街上还有塑料的小船，一艘艘不知所措地堆在岸上。鱼市的短暂繁华消逝得很快，这里大部分的街区，都只有本地居民出没，多数是老人和小孩。

再往深处走，还有一座小寺庙，叫慈宁寺。弯弯绕绕的，很不好找，不过只要找到小凤发廊，右转就能听到里面的阵阵佛号了。

寺院很小，躲在居民区里面，门外的石壁上刻着几尊佛像，进门是一

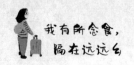

个供奉香火的门厅，进去爬一道木楼梯才能上到二楼正殿，正殿其实也是唯一一座殿，右手边是做早课晚课的地方，再往里走是三间宿舍，看来最多有六个大师傅。我查了一下资料，看到寺院现在的占地面积是最鼎盛时期的三千分之一。寺院虽小，诵经的阵势却一点也不含糊，站在寺门口垃圾站扔垃圾的大叔大妈也能跟着哼上两句，看来平时听得不少。

不远处还有一座道观，道观的建筑很特别，除了门口的一张阴阳鱼，别的建筑在外观上和寺院别无二致。走到里面，我看到正殿的围栏上晾着一圈苋菜，看这个脱水程度，还欠点火候。汪老说，他家乡尼姑庵的咸菜腌得最好，每年都要送给相熟的施主，不知道这里道观的咸菜腌得怎么样。

我们想在里面找厕所，却七弯八绕怎么都找不到，只好问小道士。小道士点上一根烟，往道观背后的田地里一指，说："你们往里面走。"

别的地方大多是未成形的旅游建设区的写照，老区被腾空了，但是新建设的触角还没有伸过来，很多老屋就在风雨中这样萧条破落了下去。不过这样也好，起码没有成为浓妆艳抹的商业街区，也还没有巧立名目推倒重建，只是让这块土地上的儿童和老人自由生长。而很多建筑作为回忆，也被留了下来。

糖酒副食公司的牌匾、"科学婚育"的宣传语、写着毛主席语录的高墙、红褪墨残的旧楹联都还在。

旁边就是居民自己维持生活的小店，不论是支个小摊卖肉，顺带卖米粉，还是卖千奇百怪、早就脱离城市的物件，都是原封不动的老城生活。这里人们的愿望也简单得很，就是努力过好每一个日子。

我知道这里不是被特意开辟出的一片净土，而是开发整治的脚步姗姗来迟，因此格外珍惜这些破败但是纯粹的印记。

在无锡吃饭

我是很羡慕无锡人的。三月有马兰和荠菜，四月有枇杷、樱桃和桑葚，五月有杨梅、醉李，六月的湖鲜就好吃了，七月有隔着皮把桃子捏软，就可以插吸管吸的水蜜桃。

八月的水蜜桃就更绝了，本地人说，最好吃的桃子，只有农家才能吃到。要到果园里，去找果农要不要钱的"坏"桃子。

所谓"坏"桃子，就是放到有点烂的。桃子烂起来和别的不一样，没有烂的地方不会有烂掉的腐败味，哪怕大部分都烂掉了，只留下一小块好的位置，也是值得的。因为那一小块硕果仅存的好肉，凝聚了整个桃子的鲜甜，可以用勺子舀出来。还有一种是被鸟吃过一点的。鸟比人会挑，被鸟挑中的桃子往往是整棵树上最好吃的。被啄过的卖不出去，只能留给果农自己吃，只有专门找果农要才能吃到，是属于本地老饕的私人珍藏。

我没有尝试过这种奇妙的方式，只是道听途说而已，而且也没听过第二个人这么说。不过由此也可见，无锡人对甜味的追逐可谓走火入魔。

而等到十月就能吃太湖大闸蟹了。一年四季都有时令的食物，真是太幸福了。

🌿 我是很羡慕无锡人的

　　三四月的樱花尤其让人羡慕，我去的时间有些晚了，早樱已经老了，但是晚樱还没有盛开。不过好在能看到一阵又一阵的樱花雨，樱花雨节制、简朴、物哀、伤逝，是菊与刀靠近菊的那一面。

　　而且无锡人最奢侈的地方就是哪里都有公园，牺牲了一大片昂贵的地皮，全部用来建湿地公园。

　　樱花落在湖面上，铺得满满的，一般湖面都变成粉色的了。花瓣太多，以至于有小朋友以为是草地，直接跑进去，摔在水里趴了好几秒钟，突然才反应过来，放声大哭。就有这么厚。其实最舒服的是搭一个帐篷，一群朋友坐在树下聊天、野餐。樱花一片一片落下去，阳光一点一点漫上来。太阳强烈，水波温柔。

🌿 樱花雨节制、简朴、物哀、伤势，是菊与刀靠近菊的那一面

　　本地人说，小时候在太湖边，拿一个轮胎，里面放一个盆子，每个小孩拖着自己的轮胎，跳到水里摸菱角，一摸能摸出一大串，丢到盆子里。运气好的时候，脚底下踩到一块扁却光滑的"石头"，这就是河蚌。

　　河蚌和金花菜是绝配，看似简单，讲究却全在字里行间透露。金花菜有很特别的味道，但是不浓郁，配上河蚌的鲜味，再配上一点点酒味，才能激发出金花菜本身的异香。河蚌腥味比较重，不是为了吃河蚌，而是要把河蚌的味道吊出来提鲜，四两拨千斤。

　　汤汁清淡，咸甜兼有，金花菜的味道竟然兼具清新和复杂，余味悠长，是无法描述的好吃。金花菜还可以配河豚吃，我没有吃过，我甚至连清蒸的河豚都没有吃过，只吃过红烧的，固然好吃，但是遮掩了河豚本身的味道，

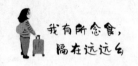
很可惜。

同样好吃的是马兰头，一般吃到的马兰头是切碎和香干凉拌的，无锡人一如既往要往里面加糖，香归香，但是我觉得没有炒出来的好吃。炒出来的马兰竟然是不加糖的，在吃了甜到拔丝的酱排骨、冰糖甜鳝糊、甜酱油白虾之后，终于吃到一盘只有纯正咸味的马兰。马兰不比马兰头的鲜嫩，秆子和茼蒿差不多粗，但是口感硬很多，纤维粗糙些。马兰带着麦香，还有草本的香气和厚重，简直要感动落泪。

说来惭愧，这是我第一次吃马兰，但是这简直可以一跃成为我心中最好吃的青菜。不需要任何多余的调味来喧宾夺主，只要单纯地清炒，加一点点盐、一点点蒜就足够了，就是为了吃马兰本身的麦味。

可惜只在江南，又只有春天能吃到，估计要成为我心中永恒的白月光了。

还有一道白月光，是银鱼炒蛋。银鱼炒蛋的秘诀在于嫩，银鱼要嫩，鸡蛋也要嫩。蛋块大，中间还有点没有凝固的蛋液，堪比港式茶餐厅里的滑蛋，绵绵地包裹在刚出水的银鱼上。银鱼滑溜溜的，肉一抿就碎了，连骨头都吃不到。

银鱼出水就死，只能吃新鲜的，和白鱼是一样的。本地人说，刚捞起来的白鱼，在岸边买四五十块钱一斤，半死不活的二十块钱一斤，而即使是刚死的，就只能卖十块钱一斤了。但是进到餐馆里，就完全是另外的价钱了。

这些湖鲜，吃的就是一个新鲜，连几十公里以外都吃不到，妄说北方。

还有银鱼荠菜汤，将荠菜切碎，略勾薄芡，味道很清淡，但是鲜味横冲直撞，比莼菜好吃得多。之前经常吃到的是鄱阳湖的银鱼干，银鱼干也是用来炒鸡蛋的，小时候家里常吃，腥味偏重，香味比较羞涩，不轻易抛头露面，显然没有新鲜的好吃。

江南人才有鲥鱼吃鳞、甲鱼吃裙、刀鱼吃鼻、鲫鱼吃肚、河豚吃白的资本，真是羡慕死了。

🌱 三四月的樱花尤其让人羡慕

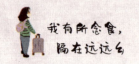

现在应季的还有河虾，河虾现在比白虾好吃，有的已经有虾子了，但是大部分还没有。只是简单过一遍水，肉又甜又软。有的放到盐水里和毛豆泡在一起，有的和醋拌木耳放在一起，别有一番风味。

蟹黄蹄筋倒不算特别好吃，提到蹄筋，总好像有一个天山童姥要站出来，矫揉造作地抚脸，故作清纯说："蹄筋，饱含胶原蛋白，童颜永驻的加油站。"不过食物里的胶原蛋白只与味道有关，与美容的关系差不多是坤坤和广坤的关系。和蟹粉配在一起，口感未免有一点生拉硬拽的感觉，还不如蟹黄豆腐，简单又和谐。

无锡的蟹黄豆腐，是真实的蟹黄、蟹粉、蟹腿、蟹膏，而不是一勺内容不明的糊糊，而且价格感人，实在很好。

无锡人上菜的顺序很独特，甜汤是倒数第二个。吃到甜汤，这顿饭就接近尾声了，不过最后一道，竟然是青菜。甜汤一般是糖芋苗这样的甜食，算不得一道正经菜，只能算在吃了一桌甜甜蜜蜜炒菜的空当喘息。真正作为汤呈现的，是另外的东西。

比如说腌笃鲜。

腌笃鲜早就大名远扬了。有人说，在江南语境里，"笃"既是"文火慢炖"的动词，又做汤水微微沸腾之象声。"腌笃鲜"这三个字，腌是咸肉，笃是制法，鲜是春笋。有咸肉和春笋微微沸腾的水汽氤氲的镜头感，就连那汤水轻滚的笃笃声似乎也一下子跳了出来，瞬间音画皆生。

我想象过很多遍腌笃鲜的样子，结果没想到简单得出奇。就是咸肉和笋。咸肉好吃，尤其是肥肉。咸肉不咸，肥肉也不肥。腌制的过程中，油已经析出了，肥肉变得和膏脂一样。大火煮制的过程，又把油脂逼到汤里了，咬上肥肉一口，竟然可以留下两排清晰可见的牙印。春笋被切成大块，比冬笋粗糙些，不过和大刀阔斧的咸肉一起，就像凌厉的郭德纲遇到了温婉贤淑的"相声皇后"、王老爷子的宝贝儿子于小谦。

琴瑟和鸣。

还在无锡吃糖

无锡就像彼得·潘的永无岛，上面住着一群抱着大阿福、坐在蜜罐里的彼得·潘。

在无锡的第二天，一大早吃了一碗拌馄饨。前一天，在无锡生活好几年的镇江姐姐，就一脸坏笑说："你去尝一下拌馄饨，我喜欢吃带汤的，但是干拌的更有无锡特色。"那么无锡特色是什么呢？甜，毫不掩饰的甜。拌馄饨的碗底有一层砂糖，酱油也是甜咸口的，上面撒了豆干和蛋丝，一碗澎湃的甜味，拌起来沙沙作响。

馄饨馅里有猪肉和虾仁，虾仁是新鲜的，加上甜味提鲜，味道很鲜。我总共吃了六个，前三个吃得很快乐，虾仁鲜得生猛，猪肉肉香十足，连皮都是爽滑的。加上豆干和蛋丝，口感层峦叠翠。吃到第五个，就光吃馅，不吃皮了，主要是皮上全是浓郁的甜味酱汁，每一口都像西瓜最中间的那一口。到第六个，感觉就像在口服能量，心底里慢慢生长出一个幻觉，突然有点想念缺席的咸味。

但是我的一个无锡同学告诉我："王兴记是外地人才会去的地方，我自己最喜欢的早餐店，拌馄饨要甜到齁才好吃。"她坚持认为，如果不喜欢美好的东西的话，就没有必要加糖，因为糖会让一切平淡无奇的食物都变得无

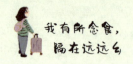

比温柔。

好吧，看来在无锡买卤猪蹄送大明星都不会有人动心，除非是冰糖桂花卤猪蹄。

无锡的馄饨馅大，皮也厚实，褶皱颇多，正好碗底的酱汁负责抛光，让甜甜的馄饨皮紧紧攀附在舌尖。

🌿 小笼包 糖会让一切平淡无奇的食物都变得无比温柔

本地人告诉我，传统拌馄饨的吃法，要配上小笼包。小笼包咬开有一包汤汁，汤汁不要吸掉，直接倒在馄饨里，再单独吃小笼包。拌馄饨本来比较干，配上单独喝的清汤也过于浓腻，而小笼包的汤汁中和了浓郁的酱汁，给厚重的拌馄饨一抹清明的亮色。

这听起来很有道理，但是我有一点疑问，馄饨是甜的，小笼包也是甜的，甜上加甜，好像……依旧很甜啊！这就像一场堂吉诃德式的突围，匪夷所思，徒劳无功。原来甜味才是正义，哪怕是一顿早餐，甜味也只会迟到，而永远不会缺席。感觉就像从山顶顺着飞流直下的孙悟空，流经峡谷、险滩，欢腾跳跃着走了八千里路云和月，结果又回到了梦开始的地方，终究没有逃出如来佛祖的甜蜜五指山。

而无锡本地人给自己点了一碗咸的清汤馄饨，笑眯眯地看着我对付这一碗甜腻腻的拌馄饨。我仿佛魂穿重庆，朋友天天点了一盆浸在红油里的梁山鸡，眼巴巴坐在我床前，对我说："吃早餐吧，来，不辣的，你尝尝。"

无锡菜真的很甜，尤其是酱排骨，把糖汁收得浓浓的。排骨都被炖烂了，用筷子就能划开。最有意思的是，一份排骨配一份饭，巴掌大的排骨，配上一口饭，这一口饭依然是要蘸甜酱汁吃的，很特别。

我忘了是谁说过这样一句掷地有声的格言：除了要花钱买外，糖毫无缺点。

如果有人想用一道菜彰显酸甜二字，糖醋排骨一定成功得一塌糊涂。肉是暗淡的，这道菜只关乎交织的酸甜。糖在锅的炙烤下溶化成液体，又包裹着排骨，成为赤色的半固体。浓郁、黏稠，让米饭闻风丧胆。

一般来说，早上是不吃蟹粉小笼包的。蟹粉的味道复杂却不够谦逊，重口味不适合作为早晨的冲锋号。腥味太莽撞了，在嘴里横冲直撞，残余创伤几个小时都不能恢复。矫情一点说，吃完之后，"云出十里，未及孤村"。换成大白话就是，就像刚吃完半辫子蒜的扒蒜老妹儿，谁也不跟她说话。还是等中午，味蕾和感官都打开了，吃蟹粉小笼包才舒适，蟹粉的味道曲径通幽，而且又没有吃晚餐时的罪恶感。就像济南人再怎么喜欢也只在中午吃把子肉，早晚都是不吃的。

到了春天，不吃青团是说不过去的。无锡的青团比上海的老派，上海大卖培根鸡丝、麻辣小龙虾、腌笃鲜做馅的青团。可是想吃小龙虾就去吃小龙虾，想吃腌笃鲜就去吃腌笃鲜，为什么要和青团混为一谈呢？简直是要起早贪黑地把青团彻底变成平庸货色，才这样争先恐后地一拥而上。

三凤楼的豆沙青团是很老派的做法，咬开后流出一口油来。豆沙既有沙，也有没有被完全磨碎的颗粒，偏甜但不张扬，吃得人喜上眉梢。皮是深绿色，而不是招摇的青色。薄、糯，但不黏，中规中矩的老派味道。艾草糯米团子嘛，能有多少花样呢？本本分分的艾草味，满面油光的红豆沙，甜过初恋，就已经让人感动落泪了。

福州的清明粿、潮汕的艾草粿、客家的艾糍都差不多，各地的春天大同小异，单单把青团吹得五光十色的人不是太笨，就是居心叵测吧。

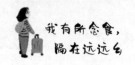

我们学校里也有青团，看上去也是青山绿水，不过老夏跟我说，皮是用菠菜汁调出来的。小黑说，皮堪比502胶水，粘在盘子上，连筷子都被粘住了拔不下来。不过好在对比一下价格，还是能感受到学校的诚意的。两块五一个，新鲜出炉的青团，买不了吃亏，买不了上当，什么都买不了。

反正尝个鲜咯，学校还是很用心的。

我从无锡带来了几个青团，在路上夭折了一盒，到济南只剩四个，都变得僵硬了。不过在编辑部用小蒸锅安抚了十几分钟之后，吃起来还是温柔的感觉。徐娘半老，依旧是徐娘，心潮随着咀嚼的动作而起伏。

回来的火车上，在无锡理直气壮吃糖的底气一旦逃脱，对咸味的渴望就乘虚而入。我突然想起老板做过牛肉菠菜咸蛋糕，立刻想叫上几个朋友去吃。

老夏听了之后问我："我们无锡也不至于那么甜啊，你怎么吃魔怔了？"

我心里想："完全至于。"

🌿 酱排骨 除了要花钱买外，糖毫无缺点

你知道这很好吃，但不只是味道让你如此印象深刻，而是这种好吃，让你将之与某个记忆关联起来。

第三辑

口腹之欲

旋剥旋食则有味，人剥而我食之，不特味同嚼蜡，且似不成其为蟹与瓜子、菱角，而别是一物者。

——李渔

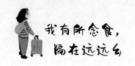

为什么吃猪脚姜钵仔糕

　　猪脚姜很好，钵仔糕很好，猪脚姜钵仔糕也不错。但是，猪脚姜应该配大白米饭吃，钵仔糕就吃红豆绿豆的，最多放上椰汁，没有再多的花样了。但是，现在钵仔糕可以配上酸梅烧鸭、甜辣酱凤爪、姜撞奶、糖醋里脊、蜜汁。猪仔包真的变成了猪的样子，菠萝包里也开始有菠萝了。

　　这个世道变了。

　　小时候桂花就是用来泡茶的，不是用来煮粥的。康乃馨是拿来送妈妈的，不是用来做饼的。兰花是用来言志的，不是用来泡酒的。杜鹃花是用来送红军的，不是用来盐渍的。霸王花的确是用来煲汤的，但是味道未免有点让人为难。

　　没有去北方读书之前，吃白切鸡是有姜蓉蘸的，卤水拼盘是配白醋的，烧鹅的皮是脆的，上面还淋着酸梅酱。后来我才知道，这些理所当然的事情原来并没有这么理直气壮。乳鸽被时间熬煮透了，失去了棕红的脆皮和不屈的灵魂。山水豆腐花也不仅仅是红豆绿豆，繁华是繁华，但是终究寂寞。

　　小学时，最让我难过的时刻除了每周的数学考试，就是食堂里不吃大白米饭，吃陈村粉的中午。毕竟我的数学才能只在后半程考试计算到底能不能合格时才能得到体现，还有，就是在吃陈村粉的中午怎么把粉平均分给同桌的广东人。那个时候我还坚持觉得我和广东人的界限是一碗陈村粉。在幼儿园的时候是一碗西米露糖水。

那时还有下得很急的雨。

从小我妈就教育我，有的事不能将就。她是湖南人。吃不到朝天椒就自己在家种，市场上买不到够嫩的藜蒿那就去洞庭湖自己

奶油南瓜汤 繁华是繁华，但是终究寂寞

挖，腊肉也要自家熏好的。事关乡愁，这很严肃。我妈不爱啃骨头，也不爱吃鱼头鱼尾，她喜欢吃掐头去尾，剥好壳，浸在辣椒油里的十三香小龙虾。

院子里不种梅兰竹菊，种的是荆芥和紫苏，还有脸盘子大小的向日葵。早就吃上了凉拌荆芥和紫苏煎黄瓜，但是葵花子到现在也没有嗑到。生葵花子用盐炒熟，味道会很好吧。我妈不无炫耀意味地给我看了她新辟的楼顶菜园，左边是别人的火龙果、月季和百香果，右边是她的红薯叶和香菜。种不出人形何首乌，只能种出手指粗细的人参形白萝卜，或者形状扭曲的青瓜。家里的兰花和罗汉松死得很快，不排除有人有意为之，盆子里很快换上了朝天椒和大蒜，洗手台上一边照镜子还能一边欣赏一簇翠绿的大葱。

对于大多数人来说，故乡的味道未免有一点煮鹤焚琴，就像湖南人热情地邀请你吃一坨糊状的皮蛋擂辣椒，或者重庆人端出一盆漂着红油的头刀菜

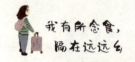

🌱 萝卜 我妈不无炫耀意味地给我看了她新辟的楼顶菜园

一样。但是能在异乡找到家里的味道，是一件天大的事情。

我在北京的时候，有两个湘菜馆子是朋友神秘兮兮带我去的，一个在距三里屯不到五百米的居民楼里，一个在南锣鼓巷侧支，没有名字的小胡同里。没有招牌，桌面满是油渍，吊在顶上的风扇呼呼地吹，但是一碗小炒肉一上来我就偷着乐了。小炒肉最见功夫，一个好师傅最直接的体现就是当天晚上我吃了两碗钵仔饭，很有味道。

高中在山里，周围没有什么声色犬马，不然像我这么热爱生活的人是没有大学上的。上山的隧道里有一个理发摊，常年以两分钟一个板寸的速度打碎高中少年不羁的自尊，就算这样也偶尔排队，一地短碎的黑发。再往山上走，千山鸟飞绝，"外卖"人踪灭。

　　因此，整个学校的喜怒哀乐是被小卖部和食堂笼罩的，小卖部的爷爷奶奶们都有一个喝不完的茶缸，还有慢条斯理的气质。因此，到食堂抢饭成了更好的选择，中午最后一节课，后半节是没什么人听的，该收书包收书包，该找饭卡找饭卡，下课铃一响教室就空了。三千多个学生爬过一条长长的上坡路，从四面八方包围食堂，蔚为壮观。我从来没有觉得这件事很荒唐，并且长期占据食堂冲刺榜首。可能也只有吃能让我们执着地跑上三年吧，现在回想起来，实在觉得不可思议。

　　小学毕业之后我就真的没有吃过陈村粉，但是越往外走越觉得自己是广东人，越来越看不惯榴梿杨枝甘露、干炒牛河放小白菜、肠粉里面加香肠，还有冰淇淋西多士。

　　我郭大爷说过，拿痰盂炒菜不算创新。我郭大爷说得真好。

　　饭还是要在家里吃。

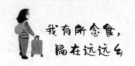

烤红薯的至暗时刻

我们家有一口奇丑无比的铁锅，常年在厨房占据一席之地。这个铁锅全职烤红薯，兼职烤年粑。

我之前从未怀念过家里那一口丑陋的铁锅，也从来吃不出不能得到祝福的烤红薯和用爱烤出来的红薯的天渊之别，但是现在我可以了。没有什么诀窍，原则上，难吃的红薯吃得多，就能看出来。难就难在，烤红薯要烂出风格，烂出水平。

在这样的冬日，我所在的北方，大街小巷都开始卖烤红薯，但是规规矩矩用圆形铁桶、用木炭烤红薯的老大爷基本上消失不见了。

一切都在往新颖而庸俗的方向变。

现在看到的大多是一个方方正正的电烤炉，硕大的红薯一个个被烤得汁水横流，软软的，要用勺子吃。油光水滑的红薯皮，名字叫甜腻。稀汤洸水，索然寡味，真不知道怎么下得去嘴。这种没有灵魂的腻是大众敌人，要去之而后快。

遇到这种场面，就不能不怀念一锅周正的烤红薯了。

铁锅慢烤出来的红薯渗出来的不是汁水，而是褐色的蜜汁，红薯也是小小的，满是纤维，在火的炙烤中收缩起来，心已经糯了，外面在糖浆的加持

下又脆又香。烤红薯从来不用看时间的，烤出香味了，人在房间里坐不住了，红薯自然熟了。

要是撕开发黑的外皮，里面的黄肉被烘烤得微微凸起，甚至有点粘牙，这就是我爸最骄傲的时候了。一刹那，一抹强烈刺眼的神圣光芒笼罩在他庄重的脸庞上。凡是焦壳，我都喜欢，常常把烤焦的外层掰下来吃了，剩下的由我爸一并笑纳。

城市像一个巨无霸一样扩张，到最后我能吃到一个周正的烤红薯，都要感动落泪。满大街开始卖电烤红薯的时候，我就觉得大事不好了。

我养成了一个废物爱好，改变了骑十几分钟车去老师家的习惯，转而舍近求远，每次在老城里弯弯绕绕，转上一个小时。

我在寻宝路上，遇见了提着一兜子蒜和猪肉茴香包子，打了一保温筒甜沫的大爷；还有护城河边那个日夜不休的石磨，孜孜不倦地灌满了无数家庭的麻酱罐子；端坐在福利彩票站里面、嗑瓜子、唠闲嗑的老人家；天天聚在桥下打牌喝酒的一群老大爷。

我还遇到过一位神仙一样的大红阿姨，她每天坐在菜市场门口评头论足："河北的韭菜可不好吃，以后不要买了。""护城河西岸的那家煎饼店，是老济南人开的。""倪氏包子早上八点去，不用排队。""王妈妈炸里脊一定要九点去等第一锅，后面的油浑了，干脆不要吃。"

每次路过这位神仙，我都会感觉神清气爽。要是还从云烟缭绕的大蒸笼里买了一个牛肉灌汤包，这一天都会充满勇气。济南的灌汤包不当点心吃，一个一个卖，比普通包子还大，一笼二三十个；元宝形，白白胖胖，馅很粗犷，韭菜、大葱、芹菜，还有北方人安身立命的茴香，一口咬下去，汁能溅到领子上，一整天都在昭告天下：今天早上我吃了冒着白烟的韭菜包子。

我其实是想说，每周我乐此不疲地去寻宝，是一件总体上来说很快乐的事情。

但是，我也见证了随着冬日来临，济南街头烤红薯从无到有的过程，这

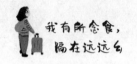

也是烤红薯的尊严怎样在冬日全身而退的故事。

烤红薯先是入侵了报刊亭、小卖部，后来我上学路上的一家卤味店，也开始挂出牌子卖烤红薯，大凑热闹。我看得毛骨悚然、伤心落泪。吃到这样带着肉味的红薯会觉得自己不过是一个酒囊"肉"袋，一堆堆油乎乎的卤味、一地的红薯皮、塑料勺和横流的汁水，恰似人生的一片狼藉。

好在没有多久之后，这家卤味店就挂出了转让的牌子，也不奇怪。

济南除了修不完的路和无处不在的电瓶车，还有逐渐丑得整齐的相似招牌，最让我难受的是青州糕点铺的角落里挂着一个小牌子，兼卖奶茶和寿司。牛街烧烤在中午兼卖黄焖鸡米饭，我从此连这家的门也不进了。这打碎了我对食物有所执念的全部想象，想着就生气。那不是馋，只是放肆。

冬天里没有一个外脆内嫩的烤红薯，是无法起床学飞翔的。生活必须还有一点无用的食物与享乐，才叫人觉得有意思。

我要搬出周作人先生说的一句话"只怕大家太热心于载道，无暇做这玩物丧志的勾当"，来表示对烤红薯的想念。

愈是吃不饱的点心、不解渴的酒，才要愈用心愈好。

初雪和蛋炒饭

济南初雪。早上出去的时候阳光明媚,穿一件夹克就出门了。结果晚上回学校,出门就被劈头盖脸砸了一脸小冰碴子,妖风刮得脸疼。下午喝掉的羊汤都抵挡不了这样的雨夹雪,冷到想要截肢。

戴上帽子,竖起领子,在冷风里排队买了两个刚出炉的牛肉包子,边走边吃,差点满足得流下眼泪。吃完好像没那么冷了,回学校接着上课。

冬天就要好好吃饭。

突然很想吃蛋炒饭。

晚上不吃主食的鬼话,我早就弃之不顾了。不然吃炸酱面只吃炸酱,过端午节只吃粽叶,有没有效不知道,倒是会觉得生活无望。

饥饿是写在我命运深处的基因,没有大晚上的蛋炒饭,天就塌了。还有蛋炒饭的冬夜是幸福的。

把昨天吃剩的冷饭从冰箱里拿出来,放在锅里,下重油。米饭用锅铲按松,而不是切开,保留米饭的筋络。隔夜冷饭的水分早已丧失,颗粒分明,散落在锅中,随着温度的提升而跳跃,嗤嗤地冒烟。

围绕着米饭的油持续不断地冒着泡泡。拿出一个鸡蛋,在锅边打碎,灯光黏稠,蛋液也黏稠。铲碎了的蛋黄变成金黄色,蛋清发白的时候和冒着青

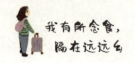

烟的米饭炒在一起。

许多食物可以仰赖鲜度而变得美味，炒饭则不得不依赖技术，还有狼吞虎咽时的饥饿程度。起锅之前，撒上一勺橄榄菜，可以于炒饭陷入平庸之际力挽狂澜，在咸香中审美疲劳了的味蕾，忽然闪出一缕灵光，是橄榄菜的酸脆。

实在是懒人恩物。

冬天的话，最好配上一点腊肠丁。广府腊肠甜咸兼具，比咸得出奇的腊肠更合适些。腊肠先蒸，直到瘦肉绯红、肥肉晶莹。蒸出的水汽留下，一会儿可以倒入锅中。

🌱 蛋炒饭 懒人恩物

腊肠切碎成丁，铺陈在米饭上炒透，直到瘦肉舒展，肥肉由白变成迷人的琥珀颜色，化为油脂，渗入饭中。

腊肉的金黄油脂，老母鸡汤冷却之后结的一层黄色油冻，还有白切鸡皮和肉之间的晶莹胶质，简直都是深夜的犯罪之源。

我还见过把皮冻放在饭上，用米饭的温度融化皮冻，肉香悄无声息地浸透下面的饭粒这样的豪举。皮冻和猪油这两种，以不同方式来自猪的邪恶胆固醇，永远能让一碗平淡无奇的饭，变得入口惊讶，继而灿烂。

但是皮冻在南方难得，而且和鸡蛋一起未免要抢风头，让给更枯燥一点

的白饭更好。济南的皮冻和卤味一起卖，还未见过干净赤白、不带酱色的皮冻，总觉得皮冻本身的味道被卤水破坏殆尽，大失风味，让人兴味索然。只能偶尔想一想，聊以解馋。

盛出饭来，就着灯光迅速吃完，饱至心口停筷。如果不是太过分的话，还想吃一碗山水豆腐花。

但是，我走在去夺命晚课的路上，路灯把巨大的树影投射在知新楼的墙上，光秃的枝丫在冷风中摇摆，颇有狂狷的暴力美学之意。蛋炒饭只能靠想象力吃，一碗分明热气腾腾的饭，竟然吃出孤寂之意。

我手里拿着带给王虎子的肉夹馍，凉透了。

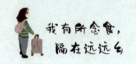

臭鳜鱼与逐臭之夫

臭鳜鱼是人间药引，专治各种食欲不振。尤其是臭鳜鱼、红烧肉、炖猪肚上桌，三连击来势凶猛，之前对一桌子肉欲拒还迎、扭捏作态的都市丽人，立刻缴械投降，拌上一碗粉，从食道抚慰到心灵。

快要过年了，该贴的膘已经贴上了，在北方心心念念的吃的也差不多吃腻了，吃不动了，年也褪色了。不过好在还有一枝独秀，独孤求败的"臭"宗，比如说臭鳜鱼，还有藏在猪肚子里暗无天日的独味孤行者，让我这样的逐臭之夫念念不忘，因臭味相投而胃口大开。

就像面对花枝招展的北京姑娘大嚼羊尾巴油炒麻豆腐，我百思不得其解一样，彼之砒霜，我之蜜糖。臭鳜鱼是我的禁书，那里坐落着最美的耶路撒冷、麦加和菩提迦耶，那里是腰和肠之地。有的人掩面逃离，我大大方方独自欣赏，翻来覆去意犹未尽。

和传统的盐腌臭鳜鱼不同，这条鳜鱼是用腐乳腌的。鳜鱼懵懵懂懂在腐乳中游弋三四天之后，发酵味和腐乳的异香深入骨髓，不过臭鳜鱼并非以追求臭为己任。腥味随着水分渗出，鲜味集中度更高，鱼肉更加紧实弹韧。

就像盐焗海鲜，之所以好吃，就是在高温和盐分的作用下，脱水之后的肉才紧实，鲜甜味集中在了一起。

但是腌制的时间无法标准化，要根据鱼的大小、气温变化来决定。尤其是在深圳这样捉摸不透的冬天，只能当作夏天来腌。这个道理并不复杂，好比你每天和我吃得同样多，走得同样远，照样长不出与我同样多的肉，也没有我日复一日的好胃口。

不过说实话，在掀开生鱼盒子的时候，我仿佛看到一团浩然之气破空而出，有长风万里之势。

好在当臭鳜鱼伴着辣椒和浓油赤酱，玉体横陈在碟子里的时候，就能尝到它的浓郁风味与深不可测的鲜美，而这些都浓缩在

红烧大头鱼 很多时候，香和臭只有一线之隔

蒜瓣般的鱼肉中了。封藏发酵已久的醇香和江河里的清新自然浓缩在一起。

很多时候，香和臭只有一线之隔。

肉质结实，筷子稍稍用力，鱼肉便如蒜瓣般散开，能大块夹起。吃到嘴里，先是似有若无的微臭，继而鲜、嫩，余香满口。没有拖泥带水的杂乱调味，而是抑扬顿挫的浓郁咸鲜，吃起来无一处多余笔墨。

除此之外有软糯的肥肠，肠壁内侧留有晶莹剔透的肥油；也有爽脆的猪肚，一改往日温润没脾气的平淡，口感上的差异更为丰富，脆、嫩之外，又增添了一种口感——韧；还有被猪油点睛、赋予动物香味的青菜。

当然还有"旱夭"的红烧肉，一上桌就被一抢而空，这里的大厨做红烧肉是一把好手。

在老家，红烧肉是逢年过节桌上必不可少的肉菜，有传统，无正宗，大

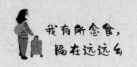

家都觉得自己家餐桌上的那一碗最好吃，不知道抚慰了多少小城人的肠胃。

我还记得高中的江西籍年级主任说，她吃红烧肉吃到上火，所以只能"三言两语"地在大会上讲两句。

大厨的红烧肉要先放醋煎，酸味中和肥腻的油脂，高温使肉的表面变得香脆有嚼劲，同时把肉汁都锁住，然后耐心地让肉在锅里咕嘟几个小时。毕竟，时间才是做饭最奢侈的原料。

"铁锅中文火煨炖的是伟大的激情。"这是大仲马说的，真的不是我说的。

这样一顿饭要吃得牙根发酸，喉咙里能抠出猪油来，才满意而归。

不知道从什么时候开始，越来越多餐厅不管吃什么，都要搭配彩灯和火烈鸟，很没意思。何不专心品尝土味十足的山川河流，变着花样取悦自己的胃。

臭鳜鱼之于逐臭之夫就是在饱暖之余，回想起喉头就像有馋虫搔抓作痒，一旦得偿所愿，浑身通泰。所谓"四方食事，不过一碗人间烟火"。粥粉面饭在日常生活中是再寻常不过的，但还是有食物专门满足"如果能有这种味道就回家了"的愿望。

臭鳜鱼是其一，红烧肉又是其一，与板鸭腊肠几大巨头在餐桌上一聚首，这就算是快过年了。

爬窗户吃的蟹黄包

　　本来说到吃蟹黄包，轮不到天津发言，毕竟天津人民对煎饼果子的爱，只差抽血时抽出绿豆面儿了。

　　我对蟹黄包的了解也不多，生怕唐突了死去的螃蟹。但确实惦记了很久，而且上次刚好和"一品饭搭子"小黑和"醋坛子保卫者"老赵一起来天津学习。

　　还有吃饭。

　　我们找到了一家小得不能再小的汤包店。只能从窗户爬进去，逼仄的小房间里挨挨挤挤坐了不到十个人。然后从老板手里领到"饿的号码牌"，再从窗子爬出去，站在窗口开始漫长的等待。

　　厨房的排风扇正对着外面，带着蟹香的热风呼呼地往外吹，照亮了暗淡的胃脏，将温热的暖流灌入消化系统，让时间浓稠变厚。等了快半个小时的时候，我们发现展览和蟹黄包只能取其一——我们原本的计划是来看展览——

一家小得不能再小的汤包店

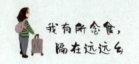

作为食欲大过求知欲的优秀大学生，我对我们的选择当然讳莫如深，闭口不谈。

半个小时后，我们就昂首挺胸，骄傲地坐在小房间里了。先吃个天荒地老，然后再说其他的。

一张白板上写着菜单，种类极少。这个架势就很让人安心，啥都能做的一家店，味道能好吗？再不济些，看到什么卖得好，非要挤上前去凑热闹，辞典一样厚的菜单摆在面前，不管做得好不好，你做我也做，非大家一齐做垮了才肯罢手。

选择越少，才做得越精巧，越多几分意思。

我们直接扫完了小半个白板，才勉强恋恋不舍地收了手。其实我对虾饺早就蠢蠢欲动了，但是碍于小黑对我的食量一知半解，而且把做虾饺这事儿让给别人，广东人还真就不放心，只好作罢。

先上了一碗红豆酒糟丸子，听老板说酒糟是自己做的，还能直接买一整罐子走。可能是一个小时的等待让我期望过高，也可能是我的舌头习惯了热烈的香甜，稀释了之后的酒糟味道未免寡淡，竟然让人有点失望。

再上了一笼鲜肉小笼包，刚刚的失落立刻烟消云散。

小笼包没有不加掩饰的肉香，薄面皮裹着肉馅，胖墩墩憨态可掬，肉馅

恰到好处的搭配背后站着一个强大的品味体系

不散、成团、面皮筋道。肥肉成粒，口感弹牙，如果肉馅全部被剁烂，吃起来就死实而干了。小笼包鲜美流溢的汤汁来自搅拌在肉馅里的皮冻，讲究些的皮冻要用猪背皮和筋熬成。恰到好处的搭配背后站着一个强大的品味体系。

小笼包亭亭玉立站在蒸笼里，下面垫着油纸，小笼包要趁热吃，不然底部很容易吸水，变得软软的，没有精神。皮取代了容器，还有遗憾，和小笼的味道融为一体。

用最传统的竹席也不太好，我至今还记得，溅了我一领子灌汤的牛肉汤包，满满的一包韭菜和油脂，历久弥香，绕梁三日，但是底子凹凸不平，还带着一股油哈喇的味儿，只看一眼就没了兴趣。

接下来的皮皮虾小笼包和蟹粉小笼包延续了鲜肉优秀的表现，皮皮虾清甜，蟹黄厚重。各种风味在太空中碰撞，直到生命诞生。

最后蟹黄汤包颤巍巍冒着热气上来了，半透明的面皮盈盈的，兜着一包汁水，里面装着整个湖泊吧。

须得等上三分钟，不然用力吸一口，能从舌尖烫到心口。找准包子皮上的最高点，比接吻还小心翼翼地抿住，咬出一个小孔。瞬间一股暖流涌了出来，

蟹黄汤包 老板反复强调，要小口小口地抿，像喝茶一样

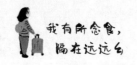

蛋白质和胆固醇在这个含苞待放、吹弹得破的大礼包里喜结良缘，翩翩落入胃中。让人深深陷入其中，如坠云雾，"仿佛若有光"。

老板反复强调，要小口小口地抿，像喝茶一样。果然，每一口的滋味都有变化，从第一口开始，就在呼唤我回来喝第二口。

把汁水吸尽后，倒醋进去，把蟹肉混着姜丝一起吃掉。醋的香气进入包子，十分悠扬，味道的错综复杂和老水手的一生相差无几。想让我安静一会儿的话，就给我一个这样把汤汁注入灵魂的包子，让我深深陷入螃蟹快乐而短暂的一生。

千万不能把包子划拉开了，汤汤水水都涌出来，一碟浑汤一样喝掉，辜负螃蟹至此，实在不必再和螃蟹见面。

秋冬之交，螃蟹实在是最美好的存在，尤其是熬秃黄油的时节。贪心地挖一勺洒在饭上，拌上酱油。有味但寡淡的酱油和无味但丰厚的油脂完美互补，联手让朴素的米饭超凡脱俗。劝自己今天对自己特别好，还能捂着心口写论文。没有秃黄油拌饭的寒夜，最难将息。

老板也是一个很有性格的人物，他三点多开始就不情愿发号了，一个劲儿地把食客往外劝，说一天就这么几十个汤包，今天吃不上就请明天赶早了。要是碰上带小孩的，更是直接请出去，他说排队的规矩不能坏，但是一排准是一个小时往上，孩子不能饿着，干脆吃点别的，没有非吃不可的道理。

碰上不会吃汤包的主儿，他更是比谁都着急，来来回回地叨念："轻轻提，慢慢移，先开窗，后喝汤。"最后还要吃出山响。

要是还不会，要用上吸管的，他准要唉声叹气一番，大发感叹，说这样吃味道全无。讲究极了。

焦桐曾批评梁实秋吃蟹囫囵吞枣，说嘴馋的话，随便弄点蛋糊炒一炒或抓几只鸡脚咬一咬足矣。而焦桐会用注射器将白葡萄酒注入螃蟹口器内，将其灌醉，然后再蒸食，连谋杀一只蟹的手法都如此雅致。

谈到吃蟹，好像总要有几分这样的风骨。

我们在小房间里百无聊赖地张望的时候，小黑说："咦，你看那张照片

是不是老板？"我抬头看到墙上挂的照片里，有一张是老板倚着一辆玛莎拉蒂，意气风发，笑得无忧无虑。

把包子消灭得干干净净之后，小黑转身出去，不久提了三块红豆饼回来。

对广东人来说，小吃存在的意义是用来消遣，而非果腹。尤其是在将饱之际，一人吃上一块外皮酥脆、豆沙清香的红豆饼，恰好在香脆和柔软的平衡点上，像在吃一朵很厚的云。

豆沙软烂不难，香甜也不难，难就难在软糯的柔软沙质，入口即化，伴随着豆子颗粒般的丰富口感。而且仅有的就是红豆本身的香气，而不是用强势的甜味喧宾夺主，被蓬松的酥皮裹着，舌尖和上膛一顶，满口的酥香就爆了出来。

这有点像有人说，日本的脱衣舞比法国的有意思，因为妙处不在赤条条的身体，而在于把衣服一件一件脱下的过程，就是遮着掩着，欲说还休才有意思。这块内涵丰富、隐而不露的红豆饼，在温柔敦厚的缠绵深处热气腾腾，妙不可言。

下了的士之后，我们像疯狗一样跑进了博物馆，赶上了已经站在展览入口的大部队，抹着嘴，真诚而又羞愧地道歉。整个下午，我一边看展，一边闻到沾在手上的汤汁久久不散的味道，以至于现在我提起庞贝文明，都能闻到萦绕着的蟹香。

晚些还吃到了故宫的黄酒奶酪雪糕，和老赵一起走在天津的夜里，捡拾快乐。我不会说海河的夜景是我见过最好看的东西，因为我身边还有老赵。老赵是一尊多么美好的醋坛子啊！

🌿 红豆饼 小吃存在的意义是用来消遣，而非果腹

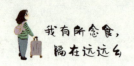
萝卜失格

　　过年的时节就是胡吃海塞、吹大牛、喝大酒的时候。但是我发现,我已经过了上桌能吃到鸡腿的年纪了。

　　或者说,我已经过了上桌还眼巴巴望着桌上的鸡腿的年纪了,我已经不记得当我饥肠辘辘扑向餐桌时,脸上呈现着怎样的光芒。梁实秋写过北平年景:"吃是过年的主要节目。年菜是标准化了的,家家一律。人口旺的人家要进全

🌿 萝卜羊肉 这大概便是成年人所谓的口味

猪,连下水带猪头,分别处理。一锅纯肉,加上蘑菇是一碗,加上粉丝又是一碗,加上山药又是一碗,大盆的芥末墩儿,鱼冻儿,肉皮辣酱,成缸的大腌白菜,芥菜疙瘩——管够。初一不动刀,初五以前不开市,年菜非囤积不可,结果是年菜等于剩菜,吃倒了胃口而后已。"

　　缺乏和不满足都可以成为快乐产生的源泉,当所有口腹之欲长得到满足之后,年味也离家出走了。

　　反而是大个儿白萝卜拯救了我的胃,这大概便是成年人所谓的口味。

回家第一天，我妈当宝贝一样从冰箱里掏出两个樱桃萝卜，和羊肉一起不由分说炖上几个小时。除了生姜、大蒜、葱和我妈视之如命的辣椒，别的一律不准放。

最后肥肉炖得快化了，肥嘟嘟的皮和羊肉尸首分离，萝卜也炖得软烂了，连一点筋骨都没有。

吃一口羊肉，再吃一口萝卜，就像吃一只被裹在被子里的猪，但是被子变成了一朵云。

我妈得意扬扬地说："这叫'有味使之出，无味使之入'。"萝卜的清甜平衡了羊肉的厚重，羊肉的油脂补充了萝卜的寡淡，在时间的熬煮下，最终在砂锅里达到了无上的和谐。

有味使之出，无味使之入

这一下就打开了萝卜之门，终于改变了长期以来我心中的萝卜失格。

我以前总看我爸吃火锅时一定要涮一盘萝卜，在我闷头吃肉的时候，他慢条斯理挑煮得软烂的萝卜下手，完全不顾自己下的肉已被毁尸灭迹。

所以我最爱和我爸一起吃火锅。

后来才发现，吃潮汕火锅的时候，必点的配菜是萝卜和玉米，不为别的，就为它们本身的清甜，才能点拨一锅肉汤的混沌。

小刘妈妈给了我她家地里的两根萝卜，我视若至宝，拿回家炖了羊肉，清汤寡水地端出来，还世界一碗清汤。自己种的萝卜长不大，没有农药化肥，歪歪扭扭，有点寒酸。

但是萝卜在地里不疾不徐地生长，想长多久就长多久，味道浓郁，口感

紧致。什么半饱奥义通通抛到脑后。

羊肉炖到骨髓和骨头都分开了，筷子一夹就碎裂成纹理分明的肉丝，往冒着热气的大白米饭上浇一勺汤汁，热气氤氲起来，一低头吃饭，眼镜片儿上就蒙上了白雾，世界一片混沌。羊的一身肥膘有了，萝卜筋骨犹存，灵魂也有了。嘴里达到了微妙复杂的味觉和触觉的全面平衡。

而在济南唯一的印象是萝卜丸子，不过萝卜丸子里的萝卜和老老实实的笨萝卜简直有云泥之别。

味道浓郁，口感紧致

萝卜就是一个没脾气的老好人，从不喧宾夺主。炖咖喱牛腩是咖喱牛腩味，炖腊骨头是咸骨头味。萝卜好像只是一个微不足道的配角，如果缺了却总好像少了什么，非萝卜不能取代。萝卜的清甜就是浓墨重彩一锅肉里的留白，一个喘息的机会。

我有一次在广州很贪心地点了一碗纯牛杂。我想，萝卜就是放在牛肉里面撑场面充数的，固然便宜，但是省钱事小，因为被萝卜塞满了胃而吃不下好东西，那多可惜呀。

刚开始吃的时候，大嚼肉山是一件很痛快的事，可我没想到，那就是终点。这碗浓油赤酱的牛杂到最后腻得不行，反而因为没有了萝卜的陪衬而大失水准。

后来我在香港吃了一碗清汤萝卜牛四宝，从此之后再吃萝卜牛杂，真有除却巫山不是云的意味。我至今也没有明白，为什么萝卜的清香都被炖到汤里了。如此浓郁，以至于汤里除了浓郁的牛肉味，有一点点下水不足与外人道的香味，咽下去之后，还有一股萝卜的清甜留在舌根上，久久徘徊不去。

　　大块的萝卜垫在汤底，萝卜按理说应该是切小块，但是我觉得滚刀切出来，一大块一大块这么啃才过瘾。萝卜的味道已经被炖出来了，吃进嘴里淡出个鸟来，但这才是清汤萝卜嘛，这就是讲究一个去辣化的过程。

　　祖祖辈辈刀耕火种的人，应季吃有萝卜味的萝卜，吃有肉味的肉，别无所求了嘛。

　　尤其是牛舌，舌尖上的舌尖，真好！你可以感受到，这头牛生前一定是一头嗓音洪亮、吃得很多的牛大爷，青草的汁液滋润了它灵活的舌头，牛舌又弹又软，把它快乐的一生都凝聚在这舌尖上了。

　　而且牛腩的醇厚滋味不是径自生长出来的，而是有萝卜的清香作为润色，汤汁在火红的肌肉间穿梭游动，才带出了肉味。在萝卜牛杂帝国的版图上，萝卜只占据静默的一角，但这是多么美好的一角啊！

　　鲁迅曾在信里写道：“海婴这家伙非常调皮……他去年还问：‘爸爸可以吃吗？’我的答复是：‘吃也可以吃，不过还是不吃罢。’今年就不再问，大约决定不吃了。”

　　没头没脑在这里引一句话，一定是过年肉吃多了，被肉塞住了脑袋，所以今年不吃爸爸，也不胡吃海塞。

　　大鱼大肉固然好吃，不过还是不吃吧，能吃两口清汤萝卜就很开心了。

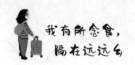

腌　菜

经过缩水的东西，都有特别的味道，非经过一段时间不能理解。

就像腊肉，以烟为原料，经过烈火和浓烟的洗礼，塑造出新鲜食材难以比拟的醇厚滋味，做菜时不是主料，但是没有腊肉提鲜却不能成全一锅热闹。

还有永新酱萝卜，其貌不扬，黑乎乎的一坨。用来煲排骨，炖出一锅卖相难以言喻的汤水，但味道是极其醇香的，萝卜的味道本来就是清甜甘香的，在长时间的凝聚之后，咸味深入骨髓，带着一点中药味，补充猪肉本身的寡淡。

除此之外，腊骨头也有异曲同工之妙。腊骨头是腊肉的附属品，比起腊肉不加修饰的咸味，腊骨头既不过于咸，又有烟熏的复杂滋味，厚重中又多了一层锋利。

比较特别的是湖南的酢辣椒，把玉米面和剁椒腌在一起，一个月之后打开坛子就能闻到发酵之后的味道。我避之不及，但喜欢的人视若至宝。加上水，搅开，放在锅里烧熟，撒上一把葱花，平实又带着点活泼的酸味，简直就是湖南人的珍珠翡翠白玉汤，单单就着这一碗糊糊，就能哐哐吃下一大碗白米饭。

我怎么知道的？这要问我妈。

我看到有人这样比喻："食物跟人一样，失去了青春之后才明白，本来就不需要世界那么隆重的对待。它们正青春的时候，跟我们的青春一样，张

卤花生 连花生和豆腐干都要卤过才吃

扬着一种无聊的浅薄。但这样懒懒地晒过之后，居然就变成了另外一种东西。"
很妙。

我爸妈是忠实的咸菜拥护者，我现在还记得小时候家里有一个大大的簸箕，是用来晒萝卜干的。天气好的时候就搬到楼顶上，天气不好就放在阳台上。萝卜缩水之后有一股无法形容的味道，口感跟颜色一样古典，我很不喜欢。最后自家做出来的腌萝卜我也是不吃的，又咸又辣，没什么吃头，不如外边做的又酸又脆的好吃。而且只要冰箱放上了腌萝卜，吃蛋糕也是萝卜味，喝酸奶也是萝卜味，这味道简直无孔不入。

寒假我一回家，就在冰箱里看见一整个隔层都是腌辣椒、豆腐乳和腌萝卜，我立刻对我爸的厨艺水平有了一个大概的了解。之前我总觉得他们对咸菜的执着，更多是缘于情感因素和熟悉的味道，而不是向往。不管怎么说，咸菜多方便啊，什么主食都能搭配。

辣椒是永恒不变的幕后真英雄，在配菜面前战无不胜。冲在前面的辣味与垫在后面的酸甜味相辅相成，单纯的辣和咸不是目的，中正平和滋味并重，单一的超强刺激，不能成为主流。

来了岳阳之后，我学会欣赏咸菜了。岳阳这座小城市有很深厚的陈旧感，连食物也带上了这样的印记。每个菜市场里一定有一个专门的摊位，是留给

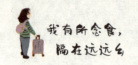

咸菜的，而且里面颇多味道很有个性的腌菜。还有老太太会坐在路边卖腌过的雪里蕻、萝卜片和腊鸭。连花生和豆腐干都要卤过才吃。人家门口都放着一排大簸箕，晾晒萝卜片，很有排场。刚刚摆出来的萝卜还有新鲜的白色，逐渐变黄，逐渐发棕。变成黑色的，不用问，一定是老人做的。

下重辣，下重盐，下饭。

从上海回来之后，我又十分荣幸得到老夏指点，一起薅羊毛。老夏问我吃过食堂的一元菜吗，我说没有。老夏一脸神秘地说，你要去试试，足够咸，目的就是要下饭。难道北方不太吃咸菜？不然还要一元菜干什么，咸菜为的不就是这个吗？

不过现在也和原来有所不同了，大部分人吃咸菜，是因为南方不同于北方，只能靠腌制的手段保留稍纵即逝的滋味。

尤其是春天，很多野菜都冒出了头，走在江堤上，随手就能拔到藜蒿，路边就长着三月三煮鸡蛋的地菜花。但是当地人还是固执地要把春天的味道腌起来留住。椿菜、荠菜统统要晒干，用盐腌上，好留起来做成小菜，或者煮汤吃。一锅乌青的颜色，看起来是乱炖，其实乱中有序。就如同回锅肉，一定要搭配上青蒜，而腌咸菜要炖豆腐吃。

尤其是春天，很多野菜都冒出了头

这个季节，用野菜炖河蚌再好不过。春天洞庭湖的河蚌不是冥顽不灵的橡皮筋，肉松软肥厚了，不过其实也不是为了吃蚌肉，而是用蚌肉提鲜，提出野菜的味道。

藕尖则是配泡椒做凉菜最好吃，就是吃短暂腌制后脱水的脆和清甜的集中，一口风流。

牛肉面　汤肥、味厚，吃一大口面，正好要配上一块萝卜条解腻

北方冬天寒冷，食物能保持新鲜，所以无须靠腌制来维持，做得多的也不是腌菜，而是酱菜。

之前看王安忆的《喜宴》，孙侠子进城发现别人竟然每顿都炒菜，简直不可思议。而在自己家里，每顿饭就是用咸菜下饭，因此对城市生活既恐惧又羡慕。她虽然走不远，却从咸菜里初步了解了世界的大和茫然。

在岳阳这座小城里，老一辈人吃咸菜和腊过的食物，也几乎是一种习惯性的动作。而且在所有面馆里都有两个大缸子，专门放腌菜。只要点上一碗七块钱能数出十几粒牛肉的面，就可以和一缸子晶莹剔透的腌萝卜、泡菜共处半个小时。路边摊的腌菜每一家各有不同的好吃，摊主把所有的精力集中在一到两样食物上，有大把工夫铆着劲把小菜做好。

不过湖南女老板的脾气是众所周知的不好，她从二十五岁开始就进入了更年期，一直维持歇斯底里的状态，好像每天都被人踩到尾巴，也好像她有尾巴可被踩一样。小摊的装潢，要是有装潢的话，也是俗不可耐的。不过想吃一碗好米粉，在踏进小摊的第一时间，就不能在乎这些，就时刻要有放下尊严的准备。常德米粉的臊子太小气，芷江鸭粉的臊子又喧宾夺主，从辣椒

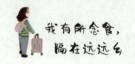

腌菜 坛子里碧绿青黄，碗里环肥燕瘦，口中嚼出宫商角徵羽

里面找鸭块成为一种乐趣，将一碗拌粉端上满是油渍的餐桌，夹上两筷子腌萝卜，又酸又辣又脆。

仿佛五年级的你手里攥着两块钱，战战兢兢在小巷子里穿梭，路两边麻辣烫、炸串、炒面的香味向你招手，而你却目不斜视地向前走，就是为了吃到巷子尽头小铺子的米粉，那里又脏又乱，但是你相信那儿的米粉永远不差这口气，而且你还要害羞却坚定地走上柜台加小菜。这不是单纯的小菜，这个行为本身是多么成熟，多么勇敢啊，你是经过多长时间的心理斗争才途经千军万马，镇定地挤上前去，为自己赢得额外的一小碗小菜。

在你的想象里，你在风雪中的风陵渡口，一家茅草小店，一边把面吃出山响，一边等着雪停，于阴阳明灭之交割、立街灯明灭之道口，筷子就是握在手中的火把，面碗见底，又要踏上新的征程。

要是有哪个小孩子大方，请客喝玻璃瓶装的芬达，能带来整整二十分钟快乐，还有一个上厕所都不能分开的好姐妹，甜过初恋。喝完之后记得把瓶子还回去，还能要回五毛钱。

　　反正腌萝卜和泡菜都是不要钱的，坛子里碧绿青黄，碗里环肥燕瘦，口中嚼出宫商角徵羽。有一家的萝卜条特别好吃，没有完全晒干，泛着辣椒油的红光，饱满圆润，炒制的时候还加了一点点糖，清甜之余又增甘香。牛肉面的汤底汤肥、味厚，吃一大口面，正好要配上一块萝卜条解腻。从那以后我才相信，那新鲜的一切都是种子，只有经过辣椒的埋葬，才有生机。

　　最后花费五分钟在猩红杂乱的辣椒小丘上寻找漏网之鱼。满头大汗享用完毕，你和面才相互得以成全，从食道抚慰到心灵。

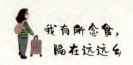

韭菜火烧

山东人管圆形的韭菜盒子叫火烧。前段时间去我叔叔家吃饭，吃到了山东姥姥做的火烧。

姥姥的火烧要从和面做起，面皮发酵之后被擀成一张薄薄的大饼。在饼上倒上小山一样的韭菜，轻拢慢捻抹复挑，摊平后再打着圈倒上鸡蛋液。韭菜一定要够嫩，老的口感粗糙，而且也不出汁水，只有恰到好处的妙龄韭菜才能造就韭菜火烧外脆里嫩的微妙口感。而且鸡蛋液也要慢慢倒，从内到外倒得均匀，让鸡蛋和韭菜都变得舒展柔和。

然后盖上一层饼皮，外围压严实，在两片竹板上来回拍打出纹理，就可以在锅里倒上薄薄一层油，开始小火烙饼了。小火是为了把鸡蛋和韭菜的汁水都锁在里面，慢慢把整个饼均匀地烘烤熟了，而大火是急不来的。

要是一开始的饼皮做得毫无破绽的话，最后能看到上边的一层饼皮慢慢鼓起来，不过饼皮和人一样都是有破绽的，大部分时间鼓不起来，等到饼皮浮现焦黄的金色，两面煎脆就好了。烙熟之后，切成小块，传出阵阵的香，能绊人一个跟斗。那是从纷繁复杂的新潮菜品的半空中被拉回地面，脚踏实地的感觉。猪肉大葱馅的也挺好吃的，不过这是我少数坚持认为吃素的韭菜馅更好的时候，腹中菜园不便猪来踏破。

🌿 韭菜火烧 这种好吃，让你将之与某个记忆关联起来

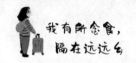

　　你知道这很好吃，但不只是味道让你如此印象深刻，而是这种好吃，让你将之与某个记忆关联起来。火烧是很有集体感的食物，几个人围坐在一起，从厨房忙到桌边。从和面、擀皮到烙饼，伴着楼下广场舞的沧海横流，弓着汗津津的后背，大家不修边幅地挥舞起手里的火烧，吃得汗出如浆。

　　一定要趁热立刻吃，外面的火烧皮是脆的，带着麦香味，香脆扑鼻。韭菜是嫩的，水灵灵的，加上鸡蛋在其中锁住了汁水。而且鸡蛋是好蛋，小小的一颗，蛋黄是橙黄色的，没有过熟的僵硬，也没有沙质的阻碍，一口下去好像能咬出汁来。两样混合在一起，外脆内嫩，吃到停不下嘴。放了一会儿之后，皮就不脆了，没有刚出锅的好吃，不过火烧皮热时脆、冷时韧，也还不错。

　　每次吃火烧，姥姥总会多烙几张饼，留下来做卷饼。卷饼常见，咸鸡蛋不常见。

　　咸鸡蛋没有咸鸭蛋咸，自家做的口味轻点，空口吃也是可以的。鸡蛋不如鸭蛋、鹅蛋有味道，本味内敛，油脂也少，被腌过之后味道凝聚，蛋黄沙质细腻，尤其香。作为调味在烘托菜的清香上不如鸭蛋，但是在平淡的卷饼里是点睛之笔。

　　把鸡蛋放在饼皮上搓碎了，作为调味的基调，再往里面放什么，丰俭由人，反正一张大饼可以卷一切。一般放上清炒的土豆丝，土豆丝要细，要干，最好炒得焦一点，嚼起来嘎吱作响。卷饼说不上多么惊艳，只是搓碎了的咸鸡蛋看着新奇。

　　这种卷饼最好的地方就在于方便，只要手上有一张饼，就能卷一切。卷饼可以承载无限可能，什么都可以卷。卷什么都没有人能跳出来说："你这不正宗，放生菜简直就是歪门邪道！"这才是大饼最棒的地方。不管是冷是热，是荤是素，哪怕是吃剩的菜，往里面卷就是了。当然最好有咸鸡蛋作为点睛之笔，如若没有也无妨。

　　其实卷饼和春饼、丝娃娃差不多，只是粗糙一点。姥姥晚上多做了一张饼，

第二天家里的小孩就能晚一点起床，边啃大饼，边等公交上学了。

还有羊肉包子，包子皮薄，羊肉在里面被塞得满满当当，流出的油把包子皮都浸黄了。包子皮就像羊肉的小胡子，吸收了所有的味道，一口下去各种味道渐次入口。羊肉里面拌了胡萝卜，取清甜味，解腻；还拌了大葱，是为了去膻，提香。一眼看过去，橙色的萝卜、浅绿的大葱、吱吱冒出的黄色羊油，就像打翻了的调色盘一样活泼好看。先把汁水吸出来，才能下口，肉香扑鼻。羊肉迎着太阳生长，羊肉叶子掉落在羊肉草坪上，你看见那些羊肉树了吗？

更山东一点的吃法，是把泡腊八蒜的醋汁用小勺子舀出来，倒在包子里吃。醋汁既带着蒜香，又能解羊肉的油腻，一下子让人胃口大开，把包子吃得干干净净，不给他人留下一粒粮食。之前我不懂山东面食的妙处，还说了不少坏话，常常腹诽山东人吃饭就是大饼卷馒头就米饭吃。

吃了平常人家自己做的面食之后，我才发现山东面食不是不好吃，而是在外面吃饭时别人做得总不用心。面食要做好了，工序复杂还卖不贵，干脆凑合着做了。可是吃顿好的，谁还吃面食呢？飞禽走兽作为大菜硬菜轮番登场，杯盘狼藉，盘子一个叠着一个，骨碟换了三四轮才算是吃好了。讲究造型多过食物本身，努力显出比自己本来面目更好的样子。可是这种场面上，吃饭就跟结婚一样，明明是最主要的东西，往往退居二线，没有人真的在乎吃了什么。因此我留下了山东面食不好吃，也不讲究的印象。

在吃到姥姥做的面食之后我才突然发现，原来山东面食是很好吃的。

姥姥做得多好说来也未必，要说特别厉害也谈不上，用相声界的话说，"得亏同行衬托"。姥姥做面食几十年，随便做了都毫无悬念的好吃。也没有高超的招式，只能听见钝响，此时无招胜有招。姥姥做饭，在温和里带着一种倔强，我问姥姥面食怎么搭配，姥姥看了我一眼说："你配干的配稀的，不噎着怎么搭都行。不能用正不正宗来给食物贴好吃不好吃的标签。"

姥姥做螃蟹也一样简单，清蒸，蘸着姜末配醋吃。蟹肉，鲜甜软嫩，醋，

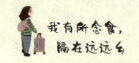

果腹是一回事，两两结合碰撞出的食欲是另一回事

绵甜酸香，胜却人间无数。其实不配醋更好吃，免得夺了本味，主要是螃蟹新鲜。北戴河的螃蟹没到季节，没黄没膏，肉也不够多，还有着浅滩的土腥味，那是渤海特有的质朴。但是在这个季节还能入口有甜味，那是非常幸福的螃蟹了。

南方面食和北方面食完全不同，《随园食单》中袁枚把面条归于点心之中，只是压压馋念，是点到为止的，面条不作为主食出现。点心点心，只是作为点缀，跟一口一杯的茶、一嗑就是一下午的瓜子是一个意思，嗑与不饱都是途经，消磨时间才是终点。

李渔在《闲情偶寄》里写道："凡治他具，皆可人任其劳，我享其逸，独蟹与瓜子、菱角三种，必须自任其劳。旋剥旋食则有味，人剥而我食之，不特味同嚼蜡，且似不成其为蟹与瓜子、菱角，而别是一物者。"

果腹是一回事，两两结合碰撞出的食欲是另一回事，对吧？

在南方，叉烧包、奶黄包也要有着像白云般松松软软的皮才好，之前我总觉得北方喜欢一团了无生趣的面，放点盐，加热一下，这对南方人而言有什么意思？简直杀死了食欲。

在很多地方吃饭还是要上馆子，家里比不上大师傅的经验丰富，也做不出复杂又精细的步骤。但是最普通的面食，这种憨厚的北方食物，还是要在家里才最好吃，只要略加讲究，肯下功夫，肯用材料，没有不好吃的道理。

荔 枝

荔枝是一种不能说来日方长的水果，因为它的出现让你觉得仅仅是开始，但其实已经是一个结束了。因此，你只能用夏季短暂的快乐填满一年的荒芜。

在北方，我几乎都忘掉了荔枝的味道，只是偶尔有人提起的时候，轻纱薄锦玉团儿的味道又出现在心中，好像在心上挠了一下痒痒，没有满足欲望，冒出一丝念想。

荔枝从名字开始就透露出一丝玄之又玄的意味，单是在广东就有三月红、尚书怀、御金球、进奉、双肩玉荷包这样的名称。听起来好像背后又有龙颜大悦的故事，不过白居易曾记录荔枝："一日而色变，二日而香变，三日而味变，四五日外，色香味尽去矣。"所以在当时的条件下，走数千里进贡的荔枝到底变成了什么味道，恐怕不好说。所以吃东西嘛，没必要非追寻到苍苍莽莽、荒邈难稽的古文化不可，还是摸得着、尝得出的食物本身更值得关注。

以前的荔枝自由是很简单的，每到六月份左右，家里总有吃不完的荔枝。我们吃的一般是桂味和糯米糍，糯米糍圆滚滚的，最是好吃。从柄那儿掰开，果肉肥厚，汁水满溢。有的时候里面充盈着一包汁水，顾不得荔枝壳上刺刺愣愣的尖角，一下子抿住微微撕开的裂口。顿时所有的香气都瘫软起来，跌跌撞撞地涌进口中。糯米糍的肉温润厚重，果肉表面上有一层薄膜，用牙齿

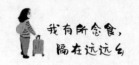

轻轻一划就可以刮开，里面的果肉宛如凝脂，人几乎感受不出水果的纤维。

这就像喝着甜酒长大的姑娘，长成祸水。

荔枝的甜度是很高的，但是香味又很轻盈，丝毫不因为集中的甜味而让人感到腻味。不是那种热带水果的热情洋溢，但是又比平淡的普通水果多了些变化。这也是为什么很多水果都可以做成罐头，但是荔枝罐头有除却巫山不是云的遗憾。水果罐头甜度太高，剥夺了荔枝本身的味道，而且失水瘫痪的口感让整颗荔枝失去精神，变得又卑又亢。

新鲜荔枝一口下去就让你想到一个月光把路洗得发白的夜晚，你往深夜的酒杯里倒进碎星星，陶然抱着一捧荔枝坐在酒杯中，快乐咬住唇上的余味，外面风雨琳琅，五彩斑斓爬满了山坡，漫山遍野都是月光。跌宕自喜。

靠近核的部分一般略带一点酸味，果肉也要死板一些，吃到这里一颗荔枝就算是正式香消玉殒了。现在还有无核荔枝了，我还没吃过，不知道是不是同样一颗小小的荔枝，它能提供的快乐会比别的更持久一些。

大人总是说吃多了荔枝会上火，但是我能吃一大碗还意犹未尽，第二天安然无恙，可能我的血是冷的，我的心也是冷的。

吃不完的荔枝一般用报纸包起来，让它们单薄的身体孤零零地在冰箱中，反抗时光的侵蚀。

《广群芳谱》说荔枝："乡人常选鲜红者，于竹林中择巨竹凿开一窍，置荔节中，仍以竹箨裹泥，封固其隙。藉竹生气，滋润可藏。"借竹子的生气滋润荔枝不知道有用没有，这也算是一种很独特的保存方式了。

还能剥壳之后密封起来放进冷冻，等到荔枝被冻成一个个小冰球的时候，再挖出来含在嘴里，让它们做最坚强的泡沫。荔枝清甜的滋味被冰爽成倍地放大，前调是克制的甘甜，微微化开之后可以用牙齿刮出带着果肉的冰沙；中调是饱满的香甜，尤其是果肉变软之后，用舌尖把果肉顶在上颚，用力吮吸，挤出里面冰凉甜蜜的汁水，简直要为这喜悦的瞬间而落泪；后调渐趋平淡，甜味变得略显苍白，靠近核的酸味钻了出来，很开胃。

趁脂肪不注意，多往嘴里塞几颗，好过一切冰激凌。一个个夏天的闷热午后就这样快乐地度过了。

还有一种非常具有广东特色的吃法，用荔枝蘸酱油吃。有人说咸味让荔枝的甜味无限延伸，咸甜的糅合让人能尝到红烧肉的味道。是不是红烧肉我不知道，但是甜味让咸味咬一下，会升级成为细胞级别的细致体会，幻化出意想不到的复杂味道倒是真的。广东一直存在奇妙的水果料理，听起来很有冲击力，但是味蕾的快乐是不会说谎的。

有人说："青杧果切成条状，配一碟酱油＋辣椒（最好是黄灯笼辣椒）＋白糖混在一起蘸着吃，咸味过后是浓重的回甘，真的是直击天灵盖的那种好吃，终于参透了闽南人嘴里的玄妙。"还有人说他心中的顶级水果料理是"把李子拍裂，用酱油拌点蒜末，最好再加点红糖调成酱"。

我没有尝试过这种花里胡哨的吃法，有机会可以试一下。

我还看到有人像做酿豆腐一样，往荔枝里面塞肉末，这几乎走到我想象力的边界了。前几天和朋友一起吃饭的时候说到，有的东西在自己的已有认知里是异想天开的，但还是要克制着评判别人口味的冲动。这种冲动不能被根绝，但是起码能被抵抗，对于食物来说是这样，对于很多别的事情也是这样。

最近和一个朋友对一件事争论不休，我发现说服彼此几乎是不可能的事情，只能安慰自己求同存异。但还是希望每个人都能离开自己根深蒂固的歪脖子树，去看看大森林。

吃几颗酿荔枝、酱油荔枝、冻荔枝，接受更多的口味，不会是坏事。

希望自己今年回家也能吃到荔枝，那颗小冰球在嘴里融化的快乐，就是夏天啊！

在这座车水马龙的城市，大家在饮食上都反而追求肉眼可见的返璞归真。

第四辑

静水流深

人之最馋的时候是在想吃一样东西而又不可得的那一段期间。

——梁实秋

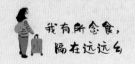

再吃一碗红岭粉

红岭粉，我高中三年的生命之光、欲望之火、灵魂原罪。舌尖向上，分三步，从上颚往下轻轻落在牙齿上。红——岭——粉。

不知不觉毕业两年了，忽然发现，真正能够让我感到失落的时刻变得很少。由远方虚无意象而成的诗歌再也写不出来了。我最初的想象在北方的冬风里被冻得稀碎，对食物的热爱也被犹如油锤灌顶的鱼肉消费了不少。但是没想到这么多年了，想起红岭粉还是会下起雨。

回到红岭，红尘滚滚吃将起来，一碗粉落肚，漂泊的味蕾才算回归。我想我已经老了，开始怀念我吃过的一切了。红岭食堂是只能用来怀念的，真的要去吃的话实在是让人为难，但是一碗粉所带来的慰藉与满足，确实是庸常生活中不多的闪光。

红岭粉是饭堂最有仪式感的一碗，从最初一楼一个小窗口，变成了二楼一整层的小食堂，但是每到饭点依然要排长队。尤其是中午，一点一点逼近十二点的指针，一阵一阵撩拨起心头对醇厚软糯油脂的向往。为什么每次动物本能和学习渴望搏斗的时候，学习渴望总是那么不堪一击呢？

梁实秋说："人之最馋的时候是在想吃一样东西而又不可得的那一段期间。"因此这个时刻每天最让人"老鹿踌躇"。

粉不是说吃就能吃上的，排队十分钟之内就能吃到的可能性微乎其微。每个抢不到粉的中午，都会有一些人的心碎掉一小块。在排队的漫长时间里，总是要仔细盘算吃河粉、米粉还是方便面。

面是提前打好的，一窝堆在碗底，河粉会坨，还会碎，但是米粉的筋骨总是柔韧的。点了之后，臂力惊人的大师傅往里面淋上一碗清汤，一碗粉就懒洋洋地在汤里浸着，好像北方悠闲的泡澡大爷。

再想想要什么浇头，我喜欢土豆丝、豆角、牛腩、烧鸭、鸡米花、西红柿炒鸡蛋、海带、煎鸡蛋。有些可能已经不存在了，但只要烧鸭还在，红岭粉的灵魂就一直都在。上次我回到学校，看到烧鸭还是稳坐胆固醇宝座上，很是欣慰，不免感叹一句："吾道不孤矣。"

烧鸭最妙的在于褐色的皮和下面的脂肪，皮厚且咸，里面的肉有分明的鸭味。这种绝妙的味道就像到了北方之后龙眼还是龙眼，甘蔗还是甘蔗，但是又都不是我记忆中的龙眼和甘蔗，都是无法言喻的玄学。

香味不散，却又没有让人难以接受的腥味，这是被肉类控制的灵魂可遇不可求的一块好肉。要是大师傅刚好甩进来一块惨白的肥肉，难过之余，把

🌱 烧鸭米粉 一碗粉落肚，漂泊的味蕾才算回归

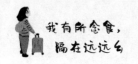

这块胆固醇埋葬在碗底，等脂肪融化，温暾的汤上泛起油花，鸭油的香味四溢，再弃之不迟。

又热又烫，这成了一碗粉的唯一正义，管饱顶事儿。

烧鸭配米粉尤为好吃。

鸡米花和烧鸭并列为心水好肉。鸡这种尖嘴禽类，升华成裹着面衣的天使，在油锅里开花，被汤短暂浸泡之后仍然保持焦脆的口感。配上西红柿炒鸡蛋，重点不在鸡蛋，恰恰在一勺浓稠的番茄汁上。

鲜亮的番茄汁包裹住了鸡米花焦黄的外表，也隔开了汤汁的侵蚀，即使最后一颗舍不得吃完的鸡米花，都不会被泡得软烂。加上一小勺葱花、一小勺辣椒油，翻滚一番就是一碗花红柳绿。齐活。

鸡米花、番茄炒蛋和方便面，这样油腻到底的组合是绝配，偶一为之，是很快乐的。

牛腩萝卜里面的牛腩不少于萝卜，萝卜软烂，牛腩筋络犹存，最妙的也是一勺酱色的汤汁。牛腩正经肉多，筋头巴脑少，不是碎肉末、小肉丁，是实打实的肉块，熬煮出来的汤汁格外浓郁。肉已经烂了，顺着纹理可以用筷子扒拉开，不费口舌，牛筋韧性十足，还有一番厮杀。

大师傅打菜的手不仅不抖，而且还能顺手多加点汁。配上一份土豆丝，软糯与爽脆并存，土豆丝单吃平淡无奇，在牛腩的厚重中反而靠清爽与主角平分秋色。

嘱咐一句少要点汤，加上一勺醋，拌着河粉吃。美哉。

每个闷头嗍面的人背后都有一包写不完的作业，遇上这种老手，让人不由得停下筷子看上一看。他们一双筷子使得气吞山河，豪气干云。而碗和身体的距离、吃面的姿势，都轻巧地决定了身上不会溅上混合着辣椒油的汤汁。

当他们大汗淋漓地放下筷子，抖开身上的热汗，就又熟练地回到学习的海洋了。当年我也差点溺死在里面，好在我的灵魂一直和红岭粉同在。

很多年前，有一个离经叛道的人说："如果说中国人非常重视某种东西，

那既不是宗教也不是学习，而是食物。"这个人是林语堂，他做了大家的先生。

刚入学的时候，老吴说，红岭粉是很好吃的。我们吃过第一次后都嗤之以鼻，而老吴坚持认为三年后我们的口味一定会被打上红岭粉的印记，反正别的好吃的屈指可数。老吴一如既往是对的，三年后我已成为红岭粉停不下口的拥趸。

现在我们说回去看看当年的操场教室，大多不了了之，但是说回来吃粉总是一呼百应的。尤其是加上青春的迷迭香、记忆的发酵粉，我的怀疑和红岭粉一起被吃干抹尽。

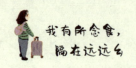

关于毛栗的一些遐想

毛栗和小五郎一点关系都没有，不过好吃是真的。小时候去从小一起长大的朋友家蹭饭，能吃到永新小毛栗。

现在偶尔在饱暖之余犯起馋来，却发现在别处都没有见过这样的小毛栗。

即使在深圳，栗子市场也被北方栗子以北方生猛有力的文化暴力所侵占，连日本优之良品用的都是天津甘栗。

南方大个头的本地黄栗子声名狼藉，好像只能沦落为做菜时的辅料，除了脆和单薄寡淡的甜味，并没有什么可取之处，而且吃到坏栗子还不可避免，所以永远是跑龙套的配角。

但是毛栗颇具爆发力十足的甘甜，又软又嫩，水分充足。家里煮的栗子，有的时候一口咬开软软的壳，里面的肉一碰就碎，运气好的时候能咬出一口汁来，栗子肉也兼具南方的香脆和北方的甜糯。毛栗不好剥，个头太小，壳又太软，栗子水分多，皮和板栗仁难以分离，但是在好吃面前这都不算什么。

回济南之前我被塞了一包毛栗、一颗我爸朋友种的吉安柚子和一袋遂川金橘，我想到要带上飞机就头疼，于是大晚上独自围攻它们。这样的夜晚，最难将息。慢吞吞地把它们剥开，一字排开，最是今宵欢乐多。

柚子甜中带酸的独特味道，靠着厚实的柚子粒来铺陈延展，并以金橘清酸殊异的汁水来烘衬加深，以毛栗的甜香软媚收尾，耐人寻味。最后指甲都剥疼了，剩下一桌子的狼藉。斜阳渐矮只影长，想到明日就要离开，不免吃出孤寂之意。

即使是糖炒，毛栗也无须用刀划开口子，只有靠热气把栗子内的水分蒸出来，才能造就软糯的最佳口感；若是开口炒，就又干又粉，丧失了软糯的独特口感。

冰栗子也挺有意思，不仅有冰凉的触觉，而且在低温下慢慢收缩，口感紧实，甘甜的味道也更集中了。

其实单纯毛栗本身，我写不出什么，还不是因为吃得少，毕竟出了原产地，毛栗完全寂寂无闻。在家里板栗也煮得少了，这倒不是关于老去的煽情故事，而是纯粹嫌麻烦。板栗要托人千里迢迢带来，坏的还不少，还要料理，剥开也是大工程。

大街上山东炒货、迁西板栗的小摊子大把，北方板栗出品稳定，甜糯鲜香，何必费事自己做呢？但是脾胃里，我们都是追寻熟悉味道的人，偶尔还是有一点点惦记。

这让我想起我很喜欢的和菜头，他曾以虎皮青椒的虎皮去哪里买为开端，大肆吹捧过虎皮青椒。

这篇文章一度残害了无数青少年，因为家长敲着小朋友的脑袋说，你写文章也要像和菜头一样飞流直下三千尺。

之后和菜头解释，虎皮青椒让只能做配角的青椒成为当仁不让的主角，椒皮韧而椒肉厚，煎煸出来，入口初是清香，咀嚼之中，辣意隐隐而来。用生命的汁液在塑料盘子里歌唱，在铁皮盘子里歌唱，在豁了边的白瓷盘子里歌唱。这才是一碟虎皮青椒能让人热泪盈眶的理由。此话一出，醍醐灌顶。

毛栗也是为南方板栗正了一次名吧，在北方的冬天吸溜着气势如虹的寒风，吃上一捧炒毛栗，好去莫回头。

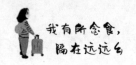
逛菜市场

在北京待了几天，我为了躲开北京的上班高峰，避免在地铁站赌自己等几趟车才能挤上去，于是六点多出门。结果闲着没有地方去，看到朝外早市里人声鼎沸，就晃晃悠悠地去溜达了一圈。

市场里面全是一早起来买最新鲜的菜蔬的大叔大妈，围着要滴出水来的草莓细细打量，再掐两下新鲜的芦笋。给孙子买两把桑葚，顶水灵的马蹄削好了皮，回去煲汤也可以，当水果吃也可以，也买上一兜。

春笋、秋葵、香椿、马蹄、芦笋、桑葚、蚕豆一堆堆地躺在案板上，就这样把春天带到这个逐渐转暖的北方城市了。菜贩子们也好玩，牌子上不仅写着价格，还写着"新鲜茼蒿，又鲜又嫩""海虾皮，特别鲜美"，好像有一种喷薄欲出的欲望，要跟每个人唠两句。

每个小贩简简单单一个案板，也没有冰箱，食材运回来不进冰箱，有多少卖多少，卖完了就洁清，想买明天您赶早，等中午早市里的人就稀稀拉拉了。

我在家吃饭最讨厌冰箱味，这就跟香水一样是有悠长的前调、中调、后调的。刚刚吃到嘴里的时候，一股淡淡的若有似无的隔夜菜的味道。咬开了之后随着咀嚼，一阵又一阵陈年往"食"都钻了出来。

我爹的咸鱼好像还剩一点，我妈的豆腐乳是不是还没吃完？冰箱最里面的韭菜是不是没收拾？咽下去的时候还有一种寒冷又僵硬的味道，混合着菜味、肉味还有杂乱又老旧的冰箱味。这是一种混乱又懒惰的味道，不管多用心都没有办法掩盖。要么勤换菜，要么勤换冰箱。

市场口卖炒货，一个大锅里面翻炒着瓜子，隔得远远地就能闻到焦香的瓜子味，特别香。还有一个档口卖海鲜，快到清明，天津的皮皮虾肉该紧了，带鱼在冰块上闪着寒光，大个的虾仁儿堆出个尖来。

不过我对这个不怎么感兴趣，经过低温急冻的海鲜风味与北方海鲜池里加了为了使鱼虾活蹦乱跳物质的所谓生猛海鲜也差不太多。就像我相信市场上成品油虽然丧失了底蕴和一些若有似无的味道，但是安全性是古法榨油无法比拟的。也像农场里健康又新鲜的牛奶，图个新鲜喝一两次，但终究要回归商场冰柜牛奶的怀抱。

就这样把春天带到这个逐渐转暖的北方城市了

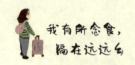

🌱 草莓、桑果 尝一下也是好的,不吃两口说不过去

不过都是吃个开心嘛,什么东西偶尔吃一顿都不是坏事。

后来我去了被吹上天的三源里,结果挺失望的。一条一百多米的小巷,两边规规矩矩地摆着瓜果蔬菜,红橙黄绿的,摆得整整齐齐。有各国的调味品和原料,窗明几净,安静端庄,反而丧失了菜场里的烟火气息。美则美矣,却像整过容的美女,少了一丝不加修饰的天然;又像高高在上的阔太太,让人望而生畏。

就跟北京这种大城市一样,洋气又敞亮,但是总少了些根深蒂固从生活中生长出来、张牙舞爪的东西。

感觉三源里其实像个大型进口超市,东西齐全,灯光明亮。不管是各种奶酪、东南亚的调味品,还是硕大的帝王蟹、澳洲龙虾,还有我没见过的海鲜这儿都有,但就是不像大妈大爷会拖个小菜篮溜达的地方。毕竟比正常超市都贵上一大截,来菜市场干嘛啊,不就是图便宜又新鲜吗?难怪里面徘徊的大多是外国面孔。

　　比如吃腌菜，我坚决认为超市买的没有菜市场买的好吃，菜市场买的不如自家腌的好吃，妈妈腌的不如外婆腌的好吃。三源里是个面子，好脏好乱好快活的市场才是我们的里子嘛。

　　野生的市场就像一没大人管的小孩，总是习惯走路边，贴着墙根，自己唱着歌，踢着小石子回家，随意生长。我每天下午回家的时候，总能看到骑板车卖草莓或者自己做的酱货的人，黑洞洞的天桥下面有人拎着个小塑料袋卖香椿，大十字路口有人赶了辆骡车拖了一板车的菠萝。是的，在北京的街

　　🌿 野生的市场就像一没大人管的小孩，总是习惯走路边，贴着墙根，自己唱着歌，踢着小石子回家，随意生长

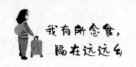

道上，有一头趾高气扬的骡子在奔跑，而我追在后面买菠萝。

我在乐山看到了最大规模的板车大军，自己牵了电线，一个个刺眼的灯泡形成的光圈，笼罩在大爷们头发稀疏的头顶上。他们的车上堆积着成山的苹果，箱子里摆着带着泥的萝卜。大分贝的高音喇叭一遍又一遍重复着："奶油草莓，又大又甜，太甜了！太甜了！"

旁边是火力十足的炒饭炒面小车，一碗炒面，足以烟火人间。吃完还能去旁边的摊子带一碗冰粉，边走边吃，在凝固的夜色里，搅出一个味觉旋涡。我看到这样的小摊小贩，就像西红柿见到鸡蛋，小鸡见到蘑菇。妥帖！

小时候，家旁边就有一个农贸批发市场，哪天我姑姑带我去，哪天就像在过节。一边卖水果，比手掌还大的杧果就算不买，尝一下也是好的；山竹这么水灵，不吃两口说不过去。

那个时候还能见到活鸡活鸭，公鸡不如母鸡好吃，除非它在半岁之前接受一次小小的外科手术。于是鸡生头等大事就是低头吃点好的，因而长得肥肥壮壮，皮下有厚厚的油脂，吃的就是这口肥香。挑中了之后付点加工费，过半个小时来拿收拾得干干净净的鸡。

我爱吃内脏，往往要叮嘱一句把肠子留下，这种别人嫌麻烦而丢掉的下水，我姑姑带回家，翻来覆去洗干净了煲汤最好吃，粉糯中还有一点脆。

路过鱼档的时候，和相熟的鱼贩要来三文鱼的边角料，都是些鱼皮、鱼骨，卖不上价格，食之无味，弃之可惜，鱼贩也乐得转手送人。拿回去洗干净煮熟，鱼骨把汤色炖到发白，鱼皮能熬出橙色的油脂，把鱼刺挑出来，拌上狗粮和牛肉碎给家里的小狗吃。用这样的方法，还能要到菜帮子回去喂兔子。而我姑姑就是菜市场里游刃有余的交际红人。

市场另外一边是花卉市场，卖花鸟虫鱼，不用说，走到这边的时候我几乎寸步难行。即使每次带回去的鱼都是三天换水，七天换鱼；即使我从水塘里能抓到牛蛙的大胖头蝌蚪、滑溜溜的泥鳅。但是，来都来了，不能空手回去，除非前一天我在公园里抓到了虾。

那个时候小区里还有满地的杜果可以捡，熟了的容易有虫。将青青的、硬邦邦的杜果摘下来，回家放着也总没有买来的好吃，不如直接蘸酱油吃，撒上酸梅粉也是一种吃法。但是自己捡来的就是多了一重成就感。

一想到这青涩的味道、爽脆的口感，我就非常"巴甫洛夫"地想：啊，要过暑假了。

小区里还有一种橙色的花，春天开，将花摘下来，花蕊上能看到露珠一样的花蜜，顺着花蕊嘬一口，最是妖娆。

那个时候还有每天早上六点准时送到家的新鲜牛奶，我姑姑拿一口小锅煮热了，我也该起床了，喝着热牛奶慢慢苏醒，还魂人间。我现在还记得我姑姑秉承着早上一定要吃得热气腾腾的理念，哪怕送来的是酸奶，也要煮热了才给我。

这个时候，我宁愿挨饿。

那个时候还有坐在楼下磨刀霍霍的老头，还有公园旁边的豆腐店。这么说颇有白头宫女在的意思，时间犹如温水，我们煮在其中，变成了那只僵硬的青蛙。

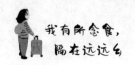

在油麻地晃荡

　　我和成哥站在马会奖券公司一群叔叔大爷中间，郑重其事写下了一串数字。这些数字不是暗藏深意的幸运数字，就是日期和时间的奇妙组合。在下注的那一秒钟，我真诚地相信我要低头认命成为亿万富翁了。从马会春风得意地出门的路上，我和成哥已经计划好了，把钱上交买两栋独栋之后，剩下的都拿去支持实体经济的发展，让那些灯红酒绿之地走向我们，也算是无私地为社会经济发展尽了一份绵薄之力。既然手里握着四个亿的奖券，我们就决定率先支持清汤牛腩产业的实体经济发展。

　　九记总店排不到，就去油麻地的分店。大师傅潇洒得像音乐节上的摇滚明星，炖牛腩大锅的蒸气让他们敞开襟怀，埋头在一片云山雾罩之中，大汗淋漓地使出浑身解数，捧出一份份锅气之作。

　　我点了一碗牛腩捞面，配一碗清汤、一杯冻奶茶、一碟炸云吞，成哥将将吃一碗番茄牛腩。很简单的一餐。这种食物虽然不会让你太开心，无论如何不会让你不开心，很单纯很舒服的一顿饭。

　　捞面是竹升面，细细的，很弹牙，精髓在于面条刚刚断生，还有一点硬，裹上咸甜的酱汁作为新装，很好吃。软嫩的牛腩中间有一小层筋脉和肥肉，提供韧劲和油香，打断瘦肉略显枯燥的独唱。我一直觉得瘦肉中的肥肉才是神来之笔，肥肉独当一面显得肥腻，但是在瘦肉的单调中出现一下子就变成了无尽藏，软糯腻口，一下子就在口中蒸腾出温饱之上的幸福感。

但是最好吃的，其实是最不显山不露水的萝卜。捞面略干，萝卜一筷子下去就有一包汁水涌上来，又浸染了牛腩的味道，而且炖煮的清汤里还有干贝提供鲜味，一块入魂。兼具清爽和细腻，像一个素颜美女，像胡兰成念念不能忘的小周，走得并不远，但包容了复杂与繁华。

吃一口面，吃一口牛腩，喝一口汤，胃口实在是不足以承受我大大的梦想。

炸云吞妙在不是单纯的脆，而是皮酥肉嫩。酥是一种很微妙的口感，有一种美人"薄命"的感觉，轻薄酥脆，仿佛随时要纷飞四散。我现在都还记得，很早以前我妈打麻将的朋友家旁边有卖金黄酥脆的炸云吞，是那种大大咧咧、不修边幅的街边小吃，只有作为封口费时，我妈才会让我吃。

香港的炸云吞讲究得多，料也是扎实的大虾仁，蘸上酸甜口的轻薄调味汁，抵消了炸物的油腻。美中不足的是只有五个，可是我们有两个人，"二桃杀三士"说的就是这种剑拔弩张的局面。

吃完抹抹嘴，满足地走出来，我跟成哥说这样吃饭才舒服嘛，没有压力。

我们第一次在香港见面吃日料放题。和牛配昆布清汤，烫一片吃一片，一点酱汁都不蘸，慢慢吃牛的本味。甜虾、牡丹虾、北极虾轮番上阵，还有薄如蝉翼的和牛刺身、肥厚的鹅肝刺身，吃完还要发表感言。最后抱着三个大大的蛋糕盒踏上回家的高铁，那种甜甜的蛋糕带着蛮不讲理的甜腻。

好吃的是真的，但不是昏昏欲睡的课堂上，突然从你脑子里咆哮着蹦出来的渴望。寿司其实不就是一碟很小很小的碟头饭吗，Lady M 就是蛋饼加奶油复制粘贴嘛，哪有那么多不得了的讲究。

如今金钱豹倒闭了，三千萧条了，王品也今非昔比了，让人唏嘘不已。还是随意的小吃好，哪里都有。这里没有了，大不了换一家；这家不好吃，也不过是微不足道的一点损失。我问在香港读书的朋友一般去哪里吃，她说："哪家便宜吃哪家啊！都是差不多的东西，便宜就卖得快，卖得快就新鲜啊！"

饱满鲜艳的颜色簇拥在眼前，实在是赏心悦目

说得好有道理。那些在饥寒交迫之际想吃的东西往往是最平凡的，毕竟这世上没有包治百病的鹅肝和 Lady M。

街上下着小雨，我们漫无目的地在街上游荡，反正不紧不慢才是游荡的意义所在，什么时候摩天轮会提速呢？

看到游戏厅，进去转一圈，我发现香港的游戏厅还有 20 世纪八九十年代的老旧味道，靠着墙壁放了一圈游戏机，最里面的一面墙是一块大屏幕，屏幕前放了一排凳子，大家像小学生一样端坐着，盯着屏幕赛马。

走出来，我看到路上有一个小到不能再小的摊子，坐着一个戴着放大镜眼镜的老伯伯，专门修古董钟表，上面郑重其事写着"精工修理世界古今各种钟表"。最有意思的是还贴了一张小小的打印纸，上面赋诗一首，称赞修表师傅的手艺一流，署名"百万富翁作者"。

在香港街头总能看到很多工作的老人，他们不相信气势磅礴的话，也不是任何东西的虔诚信徒，他们只是很认真、很执着地生活着。哀怨苦乐从生活里来，这样人生才有分量。

我又晃荡到油麻地的果栏，这里早上六点之前批发水果，六点之后零售。

之前我看过各种昂贵又精致的水果，比如说月见柚被形容为有内酯豆腐般的温柔口感，可是柚子为什么要吃起来像豆腐？那像是对我这盆奇形怪状的老盆景下了一场雨。

这边的水果市场卖各种进口水果，主要追求高质量，也不是靠一味的甜麻痹你的舌头，奇异的创新也不是主流。

周正硕大的草莓、团头团脑的杧果、满面红光的樱桃、表面油润的山梨串提、饱满圆润的韩国梨，如果不看价格的话，一切都是恰到好处的完美。除了比较少见的麒麟果、释迦果、火参果之外，大多是常见的水果，不过在质量上已经做到极致了。这样质量的水果，回去买只会更贵，还未必新鲜，各取所需而已。

说是市场，其实只有两条垂直的小巷子，毕竟寸土寸金的地方，只能靠

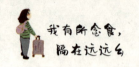

每个商户绞尽脑汁、三维立体地扩大自己的店铺了。向深处、高处、远处扩张，水果箱排列组合堆叠在一起，比华容道还精妙。饱满鲜艳的颜色簇拥在眼前，实在是赏心悦目。隔着雨看街道，随便逛逛就到下午了。一天好短。

　　对了，关于那张彩票，开奖之后好多天我们才想起来这茬。惊喜地发现我们完美避开了每一个中奖数字，这也是一种了不起的能力，很不容易。

潮汕杂咸

潮汕白粥带着浓稠的米浆，米粒在将开花又未开花之际徘徊，既不会糜烂，也不会生硬，饱满又黏稠。成哥跟我说，白粥的精华在于米汤，米的余香全在汤里。不过喝潮汕的白粥，小菜是一定要拿最佳配角奖的。

小菜被称为杂咸，是用来配粥的，都偏咸，空口吃下去虽然不至于咸到质壁分离，但是味道相当的霸道，配粥一流。杂咸小小的一碟，不占肚子，你方唱罢我登场，汇聚了山河湖海的味道，水深浪阔，二三十碟摆满桌子不太困难。

普宁豆腐外面酥脆，里面绵密嫩滑，本身是没有调味的，要配韭菜盐水吃。韭菜盐水能一下子激发出豆腐本身的豆味，而且伴随着油炸外皮的焦香。最妙的在于外皮酥脆，被炸出了很多孔洞，盐水钻了进去，紧紧包裹着豆腐细嫩的身体。豆腐一般是三角形，而不是规整的正方形。奇形怪状的外表被盐水包裹，两个分开时都平淡无奇，入口不仅不惊艳，甚至没有任何有吸引力的东西，组合在一起却一下子落地生根，窜出一片森林来。盐水和炸豆腐的绝美反应烘托了浓郁的豆味，猝不及防往嘴里打了一拳。如果稍微放一点辣椒在蘸水里，辣椒让豆腐的层次又复杂了一点，先是放了一把大火，烧完后是慈眉善目的温柔。

🍃 杂咸 小小的一碟，不占肚子，你方唱罢我登场，汇聚了山河湖海的味道，水深浪阔，二三十碟摆满桌子不太困难

薄壳米炒金不换是潮汕特有的小菜。薄壳像很小的蚬，一口下去没多少肉。我看有人写过："我成了一个乏味的中年男人，有次酒后去吃夜宵，看到店家有海瓜子，就叫了一盘，吃着吃着我突然明白了，这种东西吃再多也不占肚子，但嘴上手上一直在忙，就像我们无望的人生，总要做点什么，假装有意义。"

薄壳米是剥出来的薄壳，也许有人会觉得这像嗑好的瓜子一样失去了乐趣，但是吃起来爽快很多。薄壳就像一个小香油瓶子，金不换也叫罗勒，带着异香，和薄壳一起鲜上加鲜，让味蕾打了个哆嗦，没有一大口白粥根本降不住。

还有几道微甜的杂咸，与江浙地区的甜不同，潮汕菜的甜一般不是依靠砂糖来调味，砂糖虽甜，但甜味单一，草本的甜度虽不及糖，但拥有植物的香气和厚重。比如说炖鹌鹑蛋仿佛有猪脚姜里炖蛋的复杂味道，说不出来加了什么，只是能感觉到下足了功夫。

炖苦瓜是一道很讲究潮汕哲学的菜，坚持大巧不工的基本烹饪原则，在砂锅里炖一小块五花肉，让苦瓜的单薄余味带上快乐的油香。胡兰成说："西洋没有以苦为味的，惟中国人苦是五味之一，最苦黄连，黄连清心火，苦瓜好吃，亦是取它这点苦味的清正。"

以余味定输赢

东方饮食文化背后的深厚文化底色在苦瓜身上体现得淋漓尽致，但凡吃东西都要在吃之外寻找寄托，就像苏轼在《老饕赋》中记录：蜂蜜煎熬的樱桃、浇上杏酪的蒸嫩羊、酒渍半熟的生蛤蜊、糟入味的鲜螃蟹，这是文人大夫的菜肴。

苦瓜的苦是一种形而上的饮食哲学，也符合广东人一年四季不停歇的清

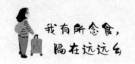

热解毒需求。很有意思的一点，潮汕菜很少做纯素的，素菜里面一定不会缺少油香，炒菜心要放油渣，上汤青菜里也要放上几片偏肥的猪肉提香。

还有一锅清淡的白果炖百合，白果微苦，百合微甜，只加淡淡的咸味，让它们融合在一起。没有一个横冲直撞的味道，每一种味道彼此衬托，恰好陪衬着食物的本味，方才造就出"若即又若离"的效果。

就像林和靖一样略显矫揉造作的雅士，连吃饭都要讲究格调的高低，他记录过一碗泉石羹，用在溪涧捡到的有苔藓的白色小石子，取一瓢泉水煮羹，煮出来的羹有泉石韵味。讲究的就是这样以余味定输赢。

周作人在《南北的点心》里说，面条只是零嘴。在广东吃饭也常有这样的感觉，一份炒粉、一份菜饭、一份粥，好像一顿饭才将将吃饱，不论是面还是饭，都是吃个意思而已，不是当主食吃的。

还有比较特别的有凉拌麻叶，麻叶与蒜末和普宁豆酱同炒。麻叶有一点淡淡的苦味，先焯一遍盐水再炒，脱水了之后风味凝聚，吃起来很清爽。普宁豆酱是潮汕饮食中让人难以舍弃的调味品，既承担了盐提供咸味的重担，还有旁逸斜出的独特风味，我要多见些才能讲得明白。

不管吃了多少让人眼花缭乱的杂咸和炖菜，最终还是要回归到一碗素净的白粥。就好像成哥跟我说，不管到外面吃多惊为天人的东西，回去之后一碗白粥落肚，才突然感觉，真的回家了。

夜糜我很少吃，我适合陪伴卤凤爪、炸豆腐这样闹腾的配角。白粥于我就像一盆幽兰，不能多晒太阳，只能偶尔搬出来晒一晒。相对于别的菜肴，白粥更加收敛，收敛到几乎只是关于火候的精细。

偶尔浮光掠影地探味，只能说出看得见、尝得着的东西，尽量用文字延长口中的余香。

梅林农批一日游

我在梅林住过十年出头，从出生不久直到初中才搬走，算起来那也是我的童年时光。去梅林农批的次数却屈指可数，那里只占我的童年生活中不算宽的波段。我从小就是一只又馋又懒的老蜗牛，我姑姑很少能说动我陪她拖着小车去买菜，要是我和她一起出门，本来半个多小时可以完成的闪电战，硬生生要变成一两个小时的拉锯战。

只有提起去农批买小动物，才能把我勉强哄出门。在我最富裕的时候，家里养了十几只乌龟、两只蜥蜴、两只守宫、一只角蛙和数不清的小鱼。昔日辉煌不再，家里只剩一只常年离家出走的高龄守宫和一只名副其实的瓮中之鳖。

现在那个做眼保健操的时候偷偷睁

眼、在裤兜里藏中午没舍得吃完的麦乐鸡的女孩子，已过万重山，却发现即使回忆时觉得吃力，还是能记起童年的许多快乐和农批有关，于是和朋友决定隆重进行一次农批深度游。

农批的花鸟市场只占了一条不过一两百米长的街道，洒落在地上的阳光都是细碎的，在各种干货和水果蔬菜摊的夹击中略显萧条。我反复走了两遍，遍寻不到当初的热闹，没有想到我巨大快乐的源泉竟然就是这么一条湿漉漉、臭烘烘的小路。

只有店里的老板还是一样的脾气，地道广东老板都有着一样爱理不理的面孔，不主动张口问，是不会有人笑盈盈地来招呼的。反正要买的人肯定会买，不买的人肯定不会买，浪费精力干什么呢？不过这样也好，我一会儿把刺猬翻得四脚朝天，一会儿逗逗熟睡的土拨鼠，再看看背上印刷了喜庆图案的悲伤乌龟，假装给成群结队的鱼群喂食，又让它们失望地一哄而散，又去拍拍郁闷的金龙鱼的玻璃。

也就是在这条湿漉漉、臭烘烘的小路上，我消磨了半个下午的时光，意犹未尽走到尽头我才幡然醒悟，我走的还是童年所来的那条路啊。路虽然很短，但是无所不有，比起玻璃柜里高级的猫猫狗狗、垂耳兔和龙猫，这条热烈又粗放的小路不知道有趣上多少倍，让人不知不觉就流连忘返。

小时候这里的动物更魔幻现实主义一点，彩色小乌龟都只能算小巫见大巫，有五颜六色的小鸭子，还有人们可以用指甲油在它的壳上作画的寄居蟹，堪比七色彩虹糖的六角龙鱼。虽然我完全不赞同这种在动物身上强加人类劣质审美的行为，但还是不由得感叹摊主们的创造能力。

小时候不懂这些，我只是觉得热闹。

从花鸟市场走出来，旁边是干货市场，这就是广东人煲汤文化的特殊产物了，堆在路边的一摞树皮是用来入药的，角落看起来像干柴一样的柴垛是五指毛桃，让人眼花缭乱。

其实往生鲜市场走有更多广东限定的食物，往往让外地人望而生畏。

不过干货市场更多的是山东的炒货、四川的香料之类的异乡味道。在深圳这座庞杂的城市里沉默地生存着许多外地人，他们守护着自己的口味，也慢慢影响着这座城市的味蕾，这些摊子就是我们身边的异乡。

往二楼走是青菜和水果市场，有很多拉着小推车的大叔大妈，周一大清早坐着家乐福的免费大巴过来，买够一周的菜，去卤味摊或者烧鹅档带点凉菜，又坐着家乐福的免费大巴回去，精打细算，小日子过得美滋滋。

摊主多是光着膀子摇蒲扇、穿跨栏背心的大爷，脑门上的汗珠子一颗颗地砸到横看成岭侧成峰的肚子上，摔成八瓣，也是一样爱搭不理。要不然就是被妈妈拖来看摊子的中学生，一边写《快乐暑假》，一边心不在焉地度过一点也不快乐的暑假。还有忙着唠闲嗑的阿姨们，手脚麻利，很懂得用买一袋青菜送一小把葱这样的小伎俩留住老客人。

老人家只到固定摊位买菜，

干货 广东人煲汤文化的特殊产物

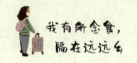

🌱 萝卜　在这座车水马龙的城市，大家在饮食上都反而追求肉眼可见的返璞归真

我朋友的爷爷义正词严地拒绝了她帮忙买菜的提议，直截了当地表示不相信她的眼力，而且非钦定专属摊位的菜不吃，他们心里有一本我们参不破的《葵花宝典》。

能撩动大叔大妈心弦的，是带着泥土的萝卜、连着朽木一起被砍下来的银耳和躺在莲蓬里的莲子，还有各种外表粗粝的芋头和板车拉来的铁棍山药。在这座车水马龙的城市，大家在饮食上都反而追求肉眼可见的返璞归真。摊主们都谙熟卖菜之道，萝卜的根须要留好，惨淡的外表要保护好，百合也不能洗干净，边上散落的残瓣是关于新鲜最强大的说服力，千万不能和超市里容光焕发的大路货长成一般模样。

仔细一看，新鲜银耳、莲子和百合的组合，又把广东人热衷煲糖水养生的本性暴露无遗。

动辄五斤以上的芋头，不能整整齐齐地摆起来，只能风尘仆仆地躲在麻袋里，只有这样才能大大咧咧地向每一个走过的人宣传，它们身上乡野的泥土芬芳还没有散尽，这样看起来杂乱无章的摊子往往顾客盈门，比光鲜亮丽的摊子生意好上几倍。

再往深处走就是卖水果的摊子，虽然今年荔枝是小年，但还是能看到在大雨的摧残下幸存的残兵败将，完全比不上往年的胜景了。还看到了一种个头很大的荔枝，足足有半个拳头那么大，但是味道很淡，过犹不及，还不如安心吃个头小小的糯米糍。

好在还有很多广东人喜爱的龙眼和黄皮，用暧昧的暗红色暖光灯笼罩起来，一眼扫过去都是很漂亮的样子。黄皮的味道很独特，没有熟透的涩味很重，不是每个人都能欣赏得来的。

这样一圈逛下来，就把农批转了一个十之八九了，再去一旁的下梅林吃一份烧鹅饭。烧鹅我已经惦记很久了，在学校一直怀念撕扯一整只鹅腿的快乐。反正下梅林这些店铺做的都是街坊生意，进去无视价格，直接点魂牵梦萦的那一口就好了，那一刻我感觉我简直是自己的童年英雄。

莲蓬 躺在莲蓬里的莲子

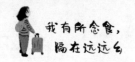
　　不过贯穿始终的依旧是老板娘不耐烦地催促："想好吃什么没有啊？""快点啊，别人还在等菜牌啊！""说了烧鸭没有啊！刚刚我打电话的时候就说了，你怎么不听啊？""排骨也没有啊，刚刚说了啊！非要专门说给你听吗？""点完了就先结账啊，现在就结！"

　　我边听边想，他说风雨中这点痛算什么，为了能吃到一口惦记已久的烧鹅，隐忍一下也没什么关系。

　　烧鹅一端上来，一切就都值了，老板娘对另外一桌客人发脾气的叫喊也消失到九霄云外了。在外地吃到的烧鸭烧鹅不是太柴、干巴巴的嚼不动，就是太肥、油腻腻的难以下咽，就算踩在两者之间的平衡点上，也只会把精力放在烧鹅本身，而忽略了酸梅酱才是吃烧鹅时画龙点睛的神来之笔。

　　老板娘虽然脾气臭，但是手里握着点酸梅成金的仙女棒，酸梅酱里还能看到没有熬化的酸梅，浓稠的酱料酸味突出，入口的酸味之后是梅子自身清香柔腻的味道。浇到烧鹅上之后，本来锋芒毕露的酸梅酱才算与之金风玉露相逢。上面的酱是酸的，烧鹅入口是油香的，尤其是烤得焦脆又有韧性的皮，还带着木柴的烟熏味，两相呼应，再嚼两口又有一阵回甜，五味杂陈，让我想起这两天网上的风起云涌……

　　吃饱喝足，我一仰脖子干了黄豆鸭脚汤，走到店外发现天已经黑透了。顺着梅林路散步到水库，连谈话都带上了夜色。这条我小时候走了十年的路，虽然也有将近十年没有走过了，踏上这条路的时候，还有当年吃完饭顺着水库绕上一圈又一圈的记忆，还能记起坐在拆开的牛皮纸箱上滑草、坐在梅林水库的大字上滑下来的夜晚，那些在水库大坝上放风筝的下午，还有在水库上接山泉水的小推车，在石板路上发出哗啦哗啦的声音，两个松松的轮子歪扭着走出一条曲折的路线。

　　单纯的快乐多真实啊！

一家早餐店

对我而言，再好的早餐店都是绣着花边的抹布，不为别的，只是因为在我杂乱无章的时间里并不存在早上。没有事情的早晨，我一定在睡梦中度过。

但是早餐店恰恰是最能表现城市性格的所在，即使正餐特色在全国逐渐统一的当下，早餐还能够突破重围，满足众多"地头舌"，是多么不容易的事啊！于是挣扎着早起，去了一家很有意思的早餐店。

在沙井的一条乱糟糟的窄街上，唯独有一家店热闹非凡，哪怕是一墙之隔的隔壁都食客寥寥。店外支着一个蓝色的大棚，几个手脚麻利的大叔大妈各司其职，忙得连抬头的工夫都没有。

烫河粉的大妈头也不抬，从白花花的河粉山上抓一把河粉，熟练地让河粉划过一道弧线，重重地砸在沸腾的锅里。水花四溅之际，她已经回身盛好了一碗早早炖好的汤底，再一次回身就用漏勺把懒洋洋泡澡的河粉一网打尽，顺便从锅里舀上几片代表均衡健康的青菜。用力上下甩手臂，起伏程度要比你那峰回路转的人生还要跌宕。紧接着河粉被扣到大碗里，早就摩拳擦掌的另一个大妈紧握接力棒，麻利地浇上调味汁和肉码。最妙的是一勺浸在油里的炸蒜蓉，对咀嚼粉里金黄焦脆炸蒜蓉的渴望，就是弗氏所说的口欲在人心底的无限期潜伏吧。

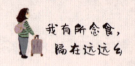

🌿 捆绑 只有这样浓郁的味道才能唤醒依旧昏昏沉沉的灵魂啊！

　　一位年纪略大的奶奶捧着这碗火炬，在食客目光的洗礼下，穿过重重人海，将这碗飘着热气的河粉捧上等待已久的桌上。那氤氲的热气，在那一刻被称为日照香炉生紫烟也不为过。

　　还有做肠粉的大叔，每次在米浆上啪地甩上一勺肉末，米浆四溅，在铁桌上留下一幅幅写意画。

　　跟铁血柔情的大叔平分天下的是做蒸云吞的大妈，蒸云吞讲究现包现蒸。

　　一盆肉末足够阿姨忙活一早上，换言之，勺子蜻蜓点水在盆子里扫过，再在云吞皮上风轻云淡地扫过，留下一点让人意犹未尽的肉末，对于一个小巧的云吞来说，这就足够了。包好的云吞像一条条排列整齐的小金鱼，蒸好之后从笼屉的蒸汽里游了出来。大妈用两片铲子铲起来放到盘子里，青菜像水草，它们在酱油的海洋里遨游。

　　负责点菜的大妈比被踩到尾巴的猫还暴躁，人稍微一迟疑，就要接受她

的白眼问候。不过不能怪大妈暴躁，看看人满为患的店铺，就知道她烦躁的源头和底气了。

早餐店里忙碌的人们年纪都不轻了，年纪最大的奶奶都七十多了，还在颤颤巍巍地擦桌子、端碗，所以让人怎么都急不起来，而且这里哪有人一大早就焦头烂额，像百米冲刺一样吃早餐的。

四处支棱起来的折叠桌椅叫人缩成一根面条才能勉强走动，被你撞到的本地人趿拉着拖鞋，从薄薄大裤衩里伸出两条懒洋洋交叉着的腿，还要朝你嘟囔两句显然来者不善的话。但是你就是要坐下来，像包法利夫人一样在各个碟碗之间流连忘返。

第一碗让你欢呼雀跃的米粉很快就被下一碗河粉取代了，然后你又发现下一碗上桌的肠粉更胜一筹，当你发现在浓妆艳抹的群芳当中还是细腻的米粉最耐吃，早就被人横刀夺爱了。最后只剩下笨拙的肠粉，而你像罗多尔夫一样喋喋不休。

大部分早餐店都默默无闻地隐藏在城市的一角，从来没有被热捧过，也很少有人千里迢迢慕名而来；也没有多么让人眼花缭乱的食材和技术，不过是用普通的食物，以静水流深的力量日复一日地抚慰每一个早起奔波的街坊。换言之，一个有人声鼎沸的早餐店的地方也是幸福的。

我在广州实习的时候，最快乐的事情就是能早一点起来，慢吞吞坐在楼下的早餐店里用筷子撕扯肠粉，慢吞吞把冰凉的绿豆汤喝到见底，心满意足地开始这一天。要是起晚了，就只能匆匆挤上公交车，在车站急匆匆买上一个从清早就呆立在那里的豆沙包，另一只手护着甜腻腻的豆浆，一边在车上摇晃，一边品尝生活的苦涩。这样的甜腻很苦，可是再苦也没有装着一肚子没有温暖的食物熬一个上午苦。

尤其是在车站一边等车，一边剥鸡蛋壳的时候，感觉自己和手上苍白的鸡蛋别无二致，寡淡、无味，还被剥夺了原本的生命力。

用了不知道多少年的老锅上全是大火烧灼的痕迹

在粤东吃早餐

如果说深圳、广州的清晨姓肠名粉的话，潮汕、客家的早晨名字就数不尽了。

一直困扰我的地方在于，在梅州有很多以"粄"为名的食物，比如说捆粄、鼠尾粄、菜粄。后来发现，所谓粄的意思就是一切米浆制品，前面那个词可能是做法，可能是材料，也可能是形状。

万变不离其宗。

丰顺的早餐店很简单，店员就是一对夫妻，加上帮手的小儿子。店里只有三种菜，捆粄、肠粉和蒸饺，简单得不得了。捆粄的面皮和肠粉是一样的，只是稍微厚一点。

老板娘负责制作，把米浆在笼屉上摊匀，蒸熟之后倒在蒙了纱布的桌上，用一块塑料片切成两半，舀上提前炒好的馅。馅有很多种，最有当地特色的是笋，笋一定要新鲜，稍微泡过一会儿盐水发酵之后，被切成碎粒，伴着肉末和酸菜一起成为吸引人一直吃下去的深井。粄皮左右两折，上下两折，像冬天的你把自己紧紧裹在被子里一样，再用保鲜膜裹一圈。这就做成了。

这是说不上特别好吃的食物，朴素得像这间早餐店里忙碌的一家人。

小店的蒸饺和肠粉里大有名堂，和广府吃法并不相同。客家人很喜欢用

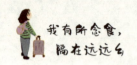

葱油和蒜油，炸过的葱段和蒜末是每一口的小高潮。温柔包裹着肠粉和蒸饺的油格外香，跟单纯的酱油一比立见高下。缓缓咀嚼，米香混着油香，香气层次慢慢被解锁，哪里还管一大早吃这么油腻的东西健不健康。

只有这样浓郁的味道才能唤醒依旧昏昏沉沉的灵魂啊！

一边挑挑拣拣选葱段最多的那块肠粉，一边看到隔壁的烧腊铺子开始斩件了。年纪不大的姑娘手法熟练，寥寥几刀剁碎烧鸭，将其堆在打着红光的玻璃柜里，充满香气的一天就这样开始了。

到了潮州，又不一样了。

潮州的早餐店更有刀光剑影的意味在，灶台的火焰喷得老高，用了不知道多少年的老锅上全是大火烧灼的痕迹。依旧是大妈掌勺，大叔只有浇调料、打打下手的份儿。大妈右手边有一口永远翻滚的锅，里面一团团翻滚着的面，有鼠尾粄，也有我的腌面，我很疑惑它们在风起云涌的锅里怎么不会变得不分彼此。大妈面前的小锅煮着猪肝、粉肠、肉丸和珍珠菜。容不得我想通，大妈手一抬就把大锅里的老鼠粄甩到小锅里，在小锅里伴着猪骨汤翻滚片刻就出锅了。

要是有人点云吞的话，大妈就在煮面的同时回身一个一个包云吞，就像有三头六臂一样，一刻也不耽误。

最后大叔很大方地舀上一勺炸蒜，敞亮。

很特别的是珍珠菜，大概只有在潮汕地区才能吃到了。潮汕有很多独特的野菜，比如下在牛肉火锅里的鼠耳草，虽然很苦，但比不上麻叶。还有作为凉菜的龙须菜，简直让人怀疑走进了一片无人问津的原始森林。

珍珠菜略酸，纤维很粗，有野菜特有的野香。与猪红、粉肠、瘦肉相配，吃前要撒一层白胡椒面。最画龙点睛的是汤里面加了细细的芹菜末，芹菜的运用在潮汕菜里简直出神入化了，时不时就作为调味品出现。芹菜突出的味道因为细碎而没有被强调，但是脆脆的口感掩盖不住锋芒毕露的味道。就像在昏昏欲睡的下午，数学老师站在讲台上开始讲导数第二问的第三种解法的

时候，你焦躁不安的双手摸到抽屉里被遗忘的小饼干的窃喜。

吃腌面的时候，一定要洋洋洒洒加沙茶酱，洒上几滴醋，用筷子尖挑一小撮当地的辣椒，大方地舀炸蒜，舀到老板要抢你的勺子。伴着豆芽和芹菜末，一口咬下去，鲜味一下子顶到脑门上，有点上头。在既有咸香和油香，又有沙茶酱的鲜甜，再有丝丝回味的香辣面前，曾让我魂牵梦萦的肠粉黯然失色，嫩滑、内敛的猪肝相形见绌，一切花里胡哨的食物都是铺垫，只有这碗腌面是人间短暂却又真实的快乐。

如果说这碗光靠调味浓妆艳抹、卖相平淡无奇的腌面略显俗气的话，那我就是俗人中最俗的那一个。

当一场炽热的梦烟消云散之后，我度过了平淡无味的秋天和冬天，抵达之后的深刻失落显得格外真实。那个时候，好像总在等待一场雨，和一个回家的借口。

第五辑

独味
孤行

没有比粥更温柔的了。

——木心

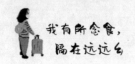

床以外都是远方

自从上了大学，每天上课的时候，我的心里都有一个挥之不去、让我时常感到困惑的问题，而这个问题时常伴随着我，一刻不停，犹如耳鸣，犹如心跳。

吃什么呢？

中饭吃完了，晚饭吃什么呢？晚饭吃完了，明天早上吃什么呢？是吃食堂，还是点外卖呢？是出去吃，还是让室友给我带呢？这就成了每天萦绕心头的头等大事……

不得不说，经过三个月的刻苦学习，我早就在那些开着导航找到的烟熏火燎的小店中乐不思蜀了。如此想来，大约每天把我这个铁打的身体从磁铁打的床上拉起来的力量，就是一句"该吃饭了"吧。

我还记得暑假去西安的时候说离家多日，想吃点有深圳味道的东西，想来想去，走进了肯德基，一时顿感惭愧，我对我生活的城市如此不了解，如此陌生。正是因此，当我来到一个陌生的地方的时候，我就决定用我的胃记住它。

还记得我刚到食堂四楼的时候，一见惊鸿、再难思迁的惊喜。

大明湖畔，望着湖光山色，吃着鳗鱼炒饭的宁静。

芙蓉街的纷繁热闹中，一碗烤猪脑的活色生香。

🌿 小食 我觉得它们出现在我每周的必经之
路上，不是别有用心，就是命中注定

宽厚里和世贸的烤榴梿、臭豆腐飘香四溢，即使一路引人侧目也无所畏惧。

校门口旋转跳跃，一不小心就撒了一地的烤栗子。

山里的寒风中吃了一个小时也不会化的炒酸奶。

配着作业更好吃的蜂蜜奶油烤面包，配着逻辑作业尤其好吃的铁板鱿鱼。

莫名其妙用大虾做锅底，却意外好吃的虾火锅。

漂浮着羊眼球和半锅红油的冷串，大冬天吃起来有一种直冲云霄的快感。

在去上法语课的路上，有一家很好吃的上海人张重庆发明的重庆鸡公煲。
菜端上来的时候，冒着白烟，吱吱作响的鸡肉在冬天简直让人热泪盈眶。

在去画室的路上，有一家把羊杂汤做得跟牛奶一样的清真餐厅。

在去电影院的路上，有一家鸡胗咬起来吱吱作响的鸭血粉丝汤店，有着
很油腻却很好吃的卤肉卷。

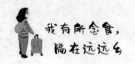

　　我觉得它们出现在我每周的必经之路上，不是别有用心，就是命中注定。不忍辜负。

　　在有恋床癖的室友沉迷梦境、不可自拔的中午，无数次用一碗加了双份酸笋的螺蛳粉，温柔地治好了她起不来床的病。要不是我这个人不是很经揍，可能会再多吃几次。

　　我的北方朋友遇到我之后，就改掉了说东南西北的毛病，转而说"那个有奶茶和滕州菜煎饼的门"，"那个有荆州锅盔的门"，"那个有炒酸奶的门"，"对对对，朝着老鸭粉丝汤走三十米"，这样就很好地解决了我找不到路的问题，皆大欢喜。

　　有梦做的地方啊，总是让人不想起床。

　　有肉吃的地方啊，就是让人不会想家。

写在二十岁的开头

十二月中旬，宿舍年方一岁的晾衣架寿终正寝了。在它掉下来的那个晚上，我在关灯之后坐在桌前打字，一扭头看到了月亮，我这才想起来，我很久没有看过这么圆的月亮了。在这个满天繁星的冥冥之夜里，我终于重新拥抱温柔的月亮。

突然之间一种情绪涌了上来，这种情绪像黄昏的雾，起初毫无察觉，却逐渐变得越来越浓，笼罩渗透生活的时时刻刻，埋下的草蛇灰线，让平素紧密的严丝合缝都松动了。

这根不超过二十块钱的晾衣架是我们宿舍入学的时候集资买的，它在济南的时间和我在济南的时间几乎一样长。没有想到我来北方这么久了，久到很多我不习惯的事情都变得习以为常了，而曾令我感到厌倦的家乡变成了挂在嘴边的怀念。

之前深圳二三月的回南天总让我不胜其扰，感觉被子里充满了水分，但用最大的力气都拧不出来任何东西，明明被水包围却无可奈何，让我快要做出失足掉进冰河里的梦来。而且这个我身处的贫雪城市，玻璃上都贴着仿制的雪花，却只是求而不得的自我安慰。

我想无论如何都要离开南方，最起码要去一个没有蟑螂的地方，一个有

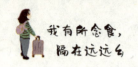

雪的地方，一个四季分明的地方，一个远离过去一切的地方。而在济南，我毫无准备，一头栽进一个深渊。

当一场炽热的梦烟消云散之后，我度过了平淡无味的秋天和冬天，抵达之后的深刻失落显得格外真实。那个时候，好像总是等待一场雨，和一个回家的借口。

我常常坐在一桌层层叠叠的硬菜前面，"粥！"脑缝中蹦出个石猴，翻腾起来，翻来覆去意犹未尽。味觉总是说真话的，对待无谓的细枝末节态度很严肃，就像重庆姑娘啃完一本五百页的专业著作，总要到天桥下吃四十根串儿、两碗脑花，那颗涌动着诗意的心才得以安放。

南方人在北方却颇有独味孤行者的寂寥，陈导儿说："在广州为吃什么烦，就像一个光着身子、荡着胸的少妇，对着六柜子衣服跺脚说：'哎呀，没衣服穿啦！'真是一种不要脸的优越感。"在北方的确是贫瘠又乏味，这种不适让我出发时那种山河不再、负隅顽抗的壮烈突然都烟消云散了，但是不管吃什么，吃完之后抹抹嘴，我还是要背上书包，去学校，做祖国的花朵。

我吃着只能聊以慰藉胃肠的牛肉火锅，喝着欺骗味蕾的糖水。在临近放假的时候，我推掉了所有的旅行邀约，突然好像明白了春节包含了无数的节日意义，但这全都指向了同一个终点——回家。在异乡有不少朋友，却仍然逃不开不期而至的无处遁形的感觉，回家就是一煲砂锅粥安稳妥帖倒进肚子里的感觉。木心曾说："没有比粥更温柔的了。"

这一年书读得少了，动笔也少了，也许是懒了。硬要狡辩一下，只能说我觉得无论是写书还是读书，要对得起死去的森林。

我总送别人的一句话："凡是过去，皆为序曲。"说实话，说的时候连我自己都不敢信，毕竟我把日子过得这么荒腔走板，序曲倒总归是序曲，是什么序曲就真不好说了。其实我怕的不是辛苦，是荒废，在自由表达的边界，我能徘徊多久呢？但是在我有限而狭窄的想象力边框之内，我也不知道怎样才算是不荒废。

　　读书很少，还特爱思考，人就容易别扭。我别扭了很久，直到我听到了振聋发聩的一句话："人，认认真真搞砸一件事，就很不容易了。"

　　所言不假，别扭也不会让我变得更好一点，论文不会自己写自己，法语不会自己学自己，我总算决定不别扭了，还是用欢声笑语嘲笑时光比较好。

　　我经常在宿舍泡上一杯绿茶，看看书，写写东西，阅万卷书冒充行万里路。

　　看了多少无所谓，写得好不好也无所谓，四平八稳，老母鸡孵蛋似的。反正就像一个人吃火锅一样，你丢进锅里的每一块肉，最终一定都会到你的油碟里来。每片叶子都会飘落地面，总要相信巨人会死于堂吉诃德脚下，西西弗斯的巨石终将立于山巅。

　　用几年的时间能从《麦田里的守望者》看不出脏字，明白难过的时候不要看卡佛也算是很大的成就了。泡面要等五分钟，煮蛋要等八分钟，总是要等的，我等待的不只是一本书、一句话，还有北方一点一点化开的春天。

　　在这条让我饿着肚子、扭了脚还丢了手机的路上，伴我行走的是很多值得一起经历千山万水的朋友。

　　最想说的还是感谢。

　　在被我称为异乡的北方，竟然有了拯救我于孤单时光的朋友，在南方更有年复一年的牵绊，我离开之后才开始频频反顾，才发现那些被弄得汤水淋漓的日子里，原来有这么多人不曾离去。

　　还有大手一挥带我争名夺利的云哥，跟他在一起，我就把正襟危坐、端庄大方都抛到九霄云外。美比好看好，但好，比美更好。像在北方的三伏天里望啊望啊，等一朵云等了很久，有人突然扯来一片云，还倒下一场倾盆大雨，你心满意足终于避开了炽热的夏天，他还给你一片避雨的屋檐。

　　最终，我们彼此映照，因为世界上有相似的灵魂而得到慰藉。

　　二十岁最开心的事就是，该在身边的人都还在，我珍惜的人一个都没有丢掉。过往的时间里，有好多东西都损坏了，好多东西都丢失了，日子过得荒唐又丰富。但是即使给我一个美丽新世界，我也不会走错这一回。

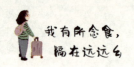

在北海道冬眠

如果去哈尔滨还不够北的话，那就去北海道过冬。

到了北海道我才明白，原来我之前看到的雪都不能算作雪了，这漫山遍野、连成一片的晶莹才是雪应有的模样。以前我总记得老人说他们小时候大雪纷飞如何堵住大门，如何在半人深的雪中行走，常觉得不可思议，如今看来，原来这些在我的家乡消逝的雪，都到这里等待春天了。

原来看浮世绘的时候，我总觉得画中的雪松夸张怪异，莽莽青山也颇不真实。但是有一次坐在车上，百无聊赖看洞爷湖畔的群山时，就宛若进入了江户时代的花街柳巷。黑白两面界限分明的枝丫、斑斑驳驳的群山，在雪幕中影影绰绰。

而行人一切如常，在风雪中做着一个大雪纷飞的人啊！

来之前，我对日本的认识仅停留在东西很好吃、人很有礼貌、代购天堂上。然而来了之后，最让我惊讶的其实是人。

每天早晚都要和我们道"辛苦了"的司机；在我们来之前用歪歪扭扭的中文写了问候信，又趁我们去吃饭在榻榻米上铺好床，在我们离开的时候，一早起来挥着中国国旗送我们走远的服务员；一句英语不会，用翻译器和我神侃的机场小哥；硬是要送我一根玉米，还悄悄跟我说不要告诉别人的玉米

❤ 在风雪中做着一个大雪纷飞的人啊!

大爷。

　　这些很微小的美好，说起来很鸡肋，却是最让人心生敬意的，这大约与钱关系甚小，更多的是源于一种异乎寻常的人与人之间的信任和温存，一种深入骨髓的精神。大约在冰天雪地中，太需要这些微茫的温暖。

　　诚可敬也。

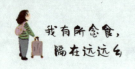

迟到的春天引发的一切

这是我在北方度过的第一个春天。在南方的时候，并不以为四季如春有多么了不起。但是在济南才明白，冬天可以这样曲折紧张，直到让春天胎死腹中。寒冬与炽夏之间生长出一片荒漠，寂静无声。我从未想到一个春天也可以在路上电瓶车扬起的尘埃间，灰色的天空下度过得如此寂静萧索，我情愿重复过三个寒冷的二月，也不愿让狂风如此卷走本应属于春季的三月、四月。

一天晚上，我在夜里醒来的时候听到了雨水打在窗户上的声音，久违的熟悉猝不及防涌上心头，曾经包裹着我的潮湿又开始流动。只与感官有关的记忆恍然间复苏，挂在心头，摇摇欲坠。然而起身看雨时只看见了睡前洗的衣服，一滴一滴，向窗台上滴水。窗台上被浸湿的墙皮卷曲了，露出了下面的混沌的水泥和白浆，制造出一片狼藉。就在那一刻，这个冬天变得不可忍受了起来。

睡不着的时候，就瞪着上铺木板床底部的木刺，等着睡意降临，这样过了很多天之后我才明白，也许我等的不只是夜晚，还有春天。或者说，一个吹着海风，在很南很南的南方，叫深圳的地方，那里的春天。

这么说其实颇为可笑，深圳大概从来与乡愁无关。我也曾是个异乡人。但在那个太过轻易告别的故乡，有一部分的我，被留在了那里。那若有若无

的牵绊，让我的远行变得越来越举步维艰。

远离了深圳的异乡人，终于把这里称为故乡。

这个季节，油菜花都开了吧。天气再暖和一点，就能看零星的凤凰花了。也不知道爬山路上掉在地上的笨重木棉花是几月开的。樱花雨也该下了吧。如果桃花还没有凋谢的话，不知道还有没有机会看粉色花瓣铺在路上的样子。该离开的候鸟，也都离开了吧，也不知道它们是否习惯北方春季的荒漠。

我的记忆还很清晰，我希望心里的春季和身外的春季一样完美，可是春季不在此乡。

我望着春季走过，自己却留在冬季。

在这座老城里，一切都被时间熬煮透了，冥顽不化，连安家落户的冬天也放弃了离开的念头，直到姗姗来迟的夏天宣告它的寿终正寝。在这里我抄抄画画，在教室里翻看着历史书，随手一画，翻越过无数人用一生走过的距离。

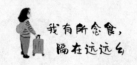

当四季轮转的次序变得不可捉摸的时候，生活仿佛完完全全脱离了控制。当我在前几天去北京的火车上看到堆积的白雪，在济南的街头被风吹得睁不开眼睛的时候，我觉得一直以来包裹着我的厚重感流失了，污水般的暮色肆意横流。"那种流遍我们全身的，阴郁、无声和隐约的惊愕"宛若无法避免的偶然冲刷着我。蛰伏的不安横冲直撞，渴望撞上些什么，哪怕头破血流。但在北方的广阔平原，叫喊的时候，是没有回音的。

喜爱漫长而凛冽的冬季的人，一定非常坚毅吧。我开始羡慕刺猬和蜗牛，可以理直气壮地别过身去，生来就可以退缩，实在太幸运了。村上春树的《寻羊冒险记》里鼠拒绝了成为一个伟大的人的诱惑，说："我喜欢我的懦弱，痛苦和难堪也喜欢。喜欢夏天的光照、风的气息、蝉的鸣叫，喜欢这些，喜欢得不得了。还有和你喝的啤酒……"鼠说如果接受羊的利诱，"我会成为一个与我不相称的堂堂正正的男子汉"。这一句"我喜欢我的懦弱"不知胜过多少想成为伟大的人的男子汉。或许我可以克服人类难以抑制的企图驯服时间的欲望，理直气壮地面对自己的懦弱。但是，在没有春天的时候，这一切都变得分外困难了。

窗外满树的花在深深叹了口气后坍塌下去，凋零了。这可是四月。这里的冬天太被纵容了，简直蛮不讲理。

北京北京

"我从镜头望出去，镜头终端是你。我开始写一篇文章，写的又是你。"

这段时间颇为颠沛，刚从开封回了济南，就又启程去了北京。在北京的一段时间，看遍了京城的繁华，看到北京之大。有"宇宙潮流中心"三里屯的白胳膊大长腿，有以现代艺术著称的芳草地的达利、沃霍尔作品展，有行走的自由意志们聚集的798"团结者会议"。但是，也有五环外地铁上打鼓弹吉他的少年，也有长安街上坐在几箱矿泉水上卖老冰棍的迷茫眼神，也有面对车水马龙苍老的慌乱嘟嚷。

芳草地

有时我不知道，到底哪个才是北京。但我想，对于我们这些异乡人来说，北京之所以如此迷人，就在于它一直在流淌，从来不能被看透，从来不是以

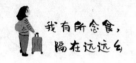

固定的形式出现吧。这诚让我看到有喜怒哀乐、呼吸着的北京。

我那一辈子都活得肆意潇洒的帆船教练无数次提起这句话："当你前往伊萨卡，不要匆匆赶路，最好一走走上很多年。"我总觉得他宛如一个活在三亚海边梦中的人，大海，沙滩，关心一切，像个孩子。而作为一个长期以来习惯了匆匆赶路的人，早已习惯了理所当然地目视前方，在这个钢铁巨轮中保持防备，条分缕析。学习成了我最为珍贵的小特长。然而这次我在骑车去芳草地的路上，遇到了一个老太太，让我为自己一直以来引以为傲的理智倍感煎熬。

在车水马龙的十字路口，一个提着医院袋子的老太太，问一个急匆匆的外卖小哥朝阳医院怎么走。朝阳医院并不远，大约也就一千米，但是路有点绕，老太太怎么也听不明白该怎么走，迷迷糊糊地看着马路对面。她反复地问着，完全没有注意到自己手上的水洒了一地。直到水淋湿了左脚的鞋，她才惶然低头，却又很快抬起头追问百般为难、想要离开的外卖小哥。小哥最后说："您这么大的岁数，我带您去，磕着碰着我承担不起。"我当时深以为然，我们早已习惯心知肚明的小心翼翼，早就明白少给自己找麻烦的道理。万一她另有所图呢？

于是在绿灯亮起的时候，我跟着人流绕过还愣在原地的老太太，很快就到了芳草地。整个下午，满心欢喜地在全是现代主义雕塑的芳草地里感叹艺术的美好。但是晚上回家的时候，我在地铁上摇摇晃晃地看到 Kindle 上的一句话："在漫威的超级英雄帝国里，英雄可以是任何一个普通人，他可以是那个给小男孩披上一件外套，告诉他这个世界还存在的普通男人。"忽然我的眼前就浮现出那一只湿了一半的天蓝色运动鞋和弯曲的脊背。心像被撞了一下，突然很难受。

我已经习惯不去相信一个人了，我已经习惯在面对一个陌生人的时候保持警惕，浑身戒备，而且，即使到现在，我也无法承认这个想法有错。但是我坚持认为，用我不断被侵蚀的关怀和善良，我还是能够做些什么的，我还是能够再去指一遍路，或者给她一张纸巾，而不是急匆匆地去看所谓的高雅艺术。这个世界上，应该有比不知所云的艺术更美好的存在。哪怕是一颗装满黑夜的心，也还是会期待月亮。

但是这于我而言，大约是越来越难有幸一见。我们都很明白，作为高速运转的齿轮，为了别人离开自己的轨道，打乱自己的节奏，未免得不偿失，然而我们越来越少质疑自己怎么不明不白、心甘情愿地成为轰鸣机器中的一个小小齿轮了。

我突然理解了那些不谙世事孩子般的存在，就像漆黑的宇宙里，每颗星球都在自己的轨道上循规蹈矩地运转的时候，突然有一颗流星划过的惊心动魄吧。

也正是因此，当我在普遍不知所云的 798 展览里看到了终于有人站出来说自说自话的艺术是可悲的时候，有一种终于不用假装明白，终于有理论支撑我的浅薄快感。

当我看到有人关注与深圳毗邻的东莞，将它描述成一个由代工工厂巨轮构成的城市，一个被遗弃的工业坟墓，一个利维坦的残骸，并关注苹果极简主义透明玻璃幕墙中时隐时现的东方灵魂的时候，我是有触动的。突然觉得我们还是有理由期待人性。人永远有一套哲理来解释人为何要做一个规规矩矩的齿轮。

但是我们总还有说出"他没有病，他不是乞丐，他只是在这里工作"的杜拉斯，还有说出"贫穷者被剥夺的不只是经济，他们对这个社会感到无助"的一群人，那么即使无力改变，我们也起码知道该期待些什么。

《新华字典》里有一句我很喜欢的话："张华考上了北京大学；李萍进了中等技术学校；我在百货公司当售货员：我们都有光明的前途。"

不愧是《新华字典》。

我也看到了太多在这个城市里挣扎的年轻人。尤其是当我骑着车，从后山到五环的时候，一路变化之大，让我怀疑他们竟然是生活在同一个城市的

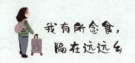

人们。有离开的人说："旧梦是好梦，没有实现，但是我很高兴我有过这些梦，我预见了所有悲伤，但我依然愿意前往。"也有努力着的朋友跟我说："当我在北京的时候，我必须抽着中华，喝着星巴克，这样才能找到一点点安稳。"

当我在后山咖啡店里看书的时候，突然有一种风太大了，把字都刮跑了的错觉，我在这里走进了炎热的五月，跟所有人一起寻找自己的荒原。我突

北京的魅力大约就是，大家在这里生活的每一天，连挣扎都算是希望吧

然觉得自己再也读不懂这些文化舍利子了。

我在地铁上遇到了两个弹着吉他、打着鼓的卖唱少年，他们小心翼翼地在地铁里行走，偶尔相视的眼神，让我莫名觉得美好。有一些和金钱、未来无关的，纯粹是梦想与热爱的东西，尤其使人动容。北京的魅力大约就是，大家在这里生活的每一天，连挣扎都算是希望吧。我觉得这对一方土地来说，恐怕是最崇高的致意了。毕竟，停滞时光般迎面扑来的小镇风雨，容易使人窒息在安稳之中。

马上就要离开北京了，明天去看孟京辉的《一个陌生女人的来信》，导演是我最喜欢的话剧导演，作者是我曾最欣赏的作家。还要看我心心念念的法国学院与沙龙展、卡塔尔阿勒萨尼收藏展。这里有一个梦想家能够期待的一切相遇，大约这些，也只能在北京发生吧。

之前觉得《鱼书》很美，现在却觉得百感交集。

愿你不悲不喜不自怜，
浊酒一杯敬你先。
愿你始终有初心模样，
不曾变。
愿你不卑不亢不自叹，
一生热爱不遗憾。
愿你余生可随遇而安，
步步慢。
少年少年，
何时何日再相见？

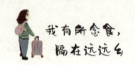

北京一环的"人间乐园"

在九月的开头，我和一列满载着德州扒鸡和周村烧饼的火车一起行色匆匆到达北京。对于一个在村里读书的孩子来说，北京就是彼得·潘的永无乡，

　　越来越清楚地知道，书读得好，能成为有趣但无用的人；书读得不好，会成为无趣且无用的人。

202

是冯唐的十八岁，是王朔的大院儿，是马未都的明朝冬夏清朝秋。

灯红酒绿的商业街，颇有拒人于千里之外的意味，带着对市井气的一点点渴望，我总想偷窥别人的生活。可这次离开北京最中心的"人间乐园"时，我却一身轻松。

我不敢说些什么，猝不及防成为风雨兼程的人，看过许多参差多态的风景，我却只能陷入失语。我行色匆匆，行囊空空，告别故乡，有无数情绪堵在胸口，总是聚少离多。越来越清楚地知道，书读得好，能成为有趣但无用的人；书读得不好，会成为无趣且无用的人。

🌿 我习惯于躲在自己小小的天地里，泡茶，聊天，再不济就读书。

四合院我住过不止一次，但是和土著聊天的愿望却从来没有实现过，因为我的房东们不是在奈良自己家的院子里喂小鹿，就是在澳大利亚的初夏潜水。这一次索性住在离故宫十分钟路程的四合院里，终于能听着鸣虫的叫声，敞开院门，让北京一环的晚风和夕阳进来。但是我想讲的不是这个。

我走进院子的时候正值晚饭时间，院子里除了杂乱摆放的燕京啤酒的空瓶，还有东倒西歪的酱色泡菜坛子、两个冒着烟的厨房和两个满头大汗的大妈。

作为一个资深民宿爱好者，我早已习以为常了，毕竟我知道，在我的小院子里有含苞待放的七里香和一簇簇的花花草草，房间里有投影仪，运气好的话还有烘干机。一般来说，我习惯于躲在自己小小的天地里，泡茶，聊天，再不济就读书。

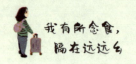

我很久不读鲁迅了，但是他说的一句话我一直没有忘记："楼下一个男人病得要死，那间壁的一家唱着留声机；对面是弄孩子。楼上有两人狂笑；还有打牌声。河中的船上有女人哭着她死去的母亲。人类的悲欢并不相通，我只觉得他们吵闹。"

他是一个敢于说真话的人。

但是在四合院里的时候，能轻易打开话匣子。我想象过很多次，住在北京一环的都是些什么人呢？离故宫、国博这么近，他们的生活一定充满烟霞。他们每天下午都跷着二郎腿，衣襟上挂着知了声，望着阳光消失在红墙上，用京片子唠嗑吧？但是大妈亲切的东北口音打破了我的想象，而且当我钻到她小小的厨房里的时候，突然意识到我之前可能错得有些离谱。

案板上摆着一堆鱼头，却不见鱼身的踪影。大妈把手上的刀放在油腻的桌子上，在一条勉强能被称为抹布的乱麻上擦了擦手，向我解释，她在一家餐厅做保洁，这是餐厅剩下的。但是她一再强调，这都是很好的海鱼，炸过之后和猪皮一起红烧，特别好吃。窗口挂着的几瓣蒜，在风里歪歪扭扭打着转。整个厨房只要站两个人，就让人转不过身了。一口电磁锅、一个发黄的电饭煲、一个塑料米桶，仅此而已。

我倚着门，望着她把鱼头一块一块放到油里，油星四溅。忍不住问她是怎么住在这里的。她说六年前和老头子一起来到北京，开始做保洁，后来儿子女儿也带着孩子来了，一家八个人挤在两个十几平方米的房间里。我这才意识到，一直在门口穿着橙色衣服拾掇啤酒瓶的人，可能就是她口中的老头子。她说老家挣不到钱了，但是等孙辈到了上小学的年纪，她还是要带上孙辈回老家读书。

一边说，她一边用锅铲把粘在锅底的鱼头翻来翻去，新翻上来的鱼有点面目全非，这恐怕不是一种体面的葬礼。她捋了捋斑白的短发说，她的女儿也是保洁，女婿是外卖小哥，两个人都很晚才能下班，所以她急着做好饭给他们送过去。说着她又把窗户推开了一点，冷风一下子灌了进来。她看了我一眼，解释说现在天气凉了，不开排风扇也不用担心油烟味。

嗯，我有种被察觉的俗不可耐的烦恼。

突然跑来了一个穿着粉色衣服的小姑娘，三四岁的样子，一进来就抱住了我的大腿，咯咯地笑。这是大妈在上幼儿园的孙女。她的衣服挂在肩膀上，头上扎了两个松松垮垮的小辫子，一只小凉鞋会发光，另一只却已经暗淡了。大妈嘴上叫小姑娘别冒冒失失的，脸上却喜笑颜开，一边从身后掏出一海碗洗好的葡萄递给小姑娘，一边不无骄傲地跟我说，她等着下午去水果店里专挑掉下来的，便宜，两块钱一斤，叫我学着点。我频频点头称是。

小姑娘搬了个凳子，把一大盆葡萄晾在上面，先给我抓了两把，甜甜地说："阿姨，你吃。"我温柔地顺顺她的小辫子问道："你叫谁吃？"她笑着跑开了，大叫着让我找她。我一边吃着葡萄，一边绕过地上的纸箱和麻袋，四处转着，竟然在院子的各个角落里找到了一串丝瓜、一簇朝天椒，还有一树石榴。看来千百年来根深蒂固的农业习惯，让他们无法离开土地。

她见我久久找不到她，咯咯笑着自己跑出来，抱住我说："我来找你了。"像极了我小时候捉迷藏，以为自己藏得很好，得意扬扬地出来，却发现大家早就四散去玩了，只能对他们说："我找到你们了，你们太菜了。"

她又拉着我去看她家里的娃娃。从一排水管下走过，跨过一条下水沟，我站在了她家门口。房子一眼就可以望到头，里面的一张大炕占了大半个房间，墙上贴着花花绿绿大字的墙纸，本来就很狭窄的房间里拉着塑料绳，挂着衣服。房间另一端有一张小书桌，昏暗的灯光下放着拼多多同款小电脑，播着《熊出没》。我站在纱门外，拿着她递给我的布娃娃，执意不进去。

后来她偷偷把我拉到一边，叫我把卡在水管上的贴纸拿下来。我求助般看向大妈。大妈摇摇头，取了下来，看着小姑娘欢天喜地撕下来，贴在脸上。大妈手忙不迭地搅着玉米糁子，对我说，这里就要被征收了，而且孙女在北京读不了书，她也舍不得留孙女一个人在老家，可能他们就要结束六年的北京生活了。

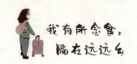

　　小姑娘听不明白，额头上贴着贴纸，朝着我笑得很灿烂。她挑了一个爱心形的，叫我也贴在脸上。我蹲下来，接过贴纸。她开心地跳起来，笑得咯咯的，抱住我。我拍着她窄窄的背，对她说："好了，我回房间了，你快去吃晚饭吧。"她不松手，突然说："你不要动，好不好？"我愣了一下，她又说："你不要走，好不好？"我什么也说不出来。

　　第二天早上，我听到有人在院子门口叫阿姨，我在床上翻了个身，又睡了过去。等我迎着阳光，打着哈欠，从房间里走出来的时候，大妈说孩子已经去上幼儿园了，早上眼巴巴朝着我的院子望了很久。她那个样子就像一颗被投掷在沙漠中央的石子。

　　昨天晚上我本来坐在院子里看书，但是长安街和王府井的灯光彻夜不息，这里没有真正的黑夜，更没有月明星稀。灯光沉寂不下去，天空只是深蓝。振臂高呼的不是蛐蛐和知了，取而代之的是嗡嗡作响的蚊子。隔壁家传来两个小男孩的争吵声，还有哭泣声。

🌱 离故宫、国博这么近，他们的生活一定充满烟霞

　　我只能藏回我的小世界里，把电影放得很大声，看着照亮整面墙的屏幕，煮了一碗火鸡拉面，吃得涕泗横流，在这个小世界能种出爆米花，也没有悄

然而至的秋凉。

　　记录下这些东西，已是我笔力的边缘了。这些苍白的文字，就像用手指甲在砖墙上留下一行行印记，好像很淡，但实际上真的很用力。

　　他们在北京的一环，这里是我心中的人间乐园，却是他们的苟且现实。他们贫穷而安详，身处北京的中心，但是又离北京好远好远。他们身在异乡，但是又能每天有亲人陪伴身旁。他们不知道未来走向何方，读了这么多书，我也不知道。

　　我在故乡时，却面对着朋友散落天涯的寂静；在北方陌生的小城，身边却围绕着熟悉的朋友。不断渴望追逐繁华热闹，往往也面对着抵达后的深切失落。

　　上午我花了五个小时，赶去京郊的美术馆看了一场非常前卫的美术展。换言之，我对这个享誉全球的艺术家想表达什么一无所知，但大家依然蜂拥而至。就如之前的很多次一样，为了一场话剧，或者是一场展览，跨越城市，来到北京，却让我对痴迷的所谓艺术，越来越心存怀疑。在这里也看到，生活和肉身同样沉重，这座城市让人感到前所未有的渺小。

　　我从美术馆带回了一张明信片，画里各路牛鬼蛇神，光怪陆离。但是耶罗尼米斯将它命名为《人间乐园》。

上海老城

清明节的上海到处都要排队，排队仿佛是流淌在血液里的习惯。

我住在永康路上，这是老城区的一条酒吧街，不是什么大红大紫的游客区。选择住在弄堂里，图的也不过是个清净。

不过我大大低估了那儿精神文明建设和物质文明建设的程度。

十一点出门，寻思找个地方舒舒服服吃一顿本帮面，可是旁边的老地方

🌱 两个人说话，彼此能听见，楼下就能听见

面馆排着长队。队伍里的人说，现在吃上饭的人，是早市休息的时候来占的位置，现在去排，少说要一个小时。

火山岩咖啡馆的人都排到马路牙子上了，咖啡我是一窍不通，不喝也罢。那不吃洋气的呢，可是连排骨年糕店门口都排着队。

好不容易走到远一点的心乐面馆，好歹也算是大名远扬的本帮面馆，终于不用排队了。可是墙上除了面馆的菜单之外，还写着广式烧腊的菜牌。等爬到楼上之后，看到有挺多上海大爷大妈坐在角落里吃面，正安心了一点，可是竟然还有人在吃烧鹅饭，好奇怪。等我的大肠面沁着葱油，油汪汪地躺在碗里之后，我随手拍了一张照，发到群里，立刻有人跳出来说："心乐早就堕落了，这不是上海人爱吃的那个心乐了。这里说白了就是只靠一点情怀在催化食欲，然而情怀这东西，搁在吃上面，就是王顾左右而言他。"

不过平心而论，我不知道本帮面该是什么样子，在没有任何预设的情况下，正不正宗也就无从说起了。每根面条都裹满了葱油，吃到最后碗底剩下一汪油，不是足够自暴自弃，不能心安理得地吃下去。对我而言，却是正中下怀，油腻而且咸中带甜，最适合也只适合在没吃早饭的周六中午吃，承上启下告别周一到周五的疲惫，宣布放纵周末的到来。

面条像上海小姑娘的声音，细、甜、软、嗲。粗犷的大肠有韧性，含着一包酱汁。大肠的油花搅拌到整碗面中，素淡的面条顿添风味，将大肠味浓爽滑，两者互相成全。

不过吃到最后，面还剩小半碗，配的面汤已经喝得见底了，对我来说终究还是有一点油腻。

炸猪排走的是硬朗路线，不符合我的口味，肉饼被压得扁扁的，很结实，能在碗沿上金鸡独立、屹立不倒，很锻炼牙口。也许本地人就好这一口吧。尤其是蘸汁儿，咸、甜、酸，一瞬间品尝到百感交集的复杂人生。太复杂了。本来千恩万谢能找到一家不排队的馆子，原来原因无他，不太好吃而已。

前一天吃的腰片，倒是相当不错，腰花又脆又嫩，还撒了一把白胡椒粉，

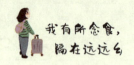
狠狠地提鲜，又没有掩盖腰片本身的味道，特别香。

终于不是用白糖提鲜了，无锡、上海一路吃下来，也许无糖的喜茶甜度是最低的。甜不是问题，问题在于甜得猝不及防，爆鱼甜，河蚌金花菜甜，酱排骨甜，凉拌马兰头甜，馄饨甜、

🌱 河虾 如此一想，甜味正好能与湖鲜、河鲜的鲜相辅相成

爆鳝糊甜。最绝的是玉兰饼，看起来像一个炸汤圆，我千算万算也算不到，馅是一个圆滚滚、油腻腻的小肉球，更万算千算也想不到，肉球依然是甜的。

走在无锡的街头，我看到有人推着车卖豆腐花，心生好奇，我想无锡什么都吃甜的，豆腐花总是红豆、绿豆的甜豆花吧。结果身边的本地人说，是酱油的，不过也相差不远，虽然以咸味为基调，但是盛起来之后还是要撒两把糖的。

干得真漂亮。

我大倒苦水的时候，李舒回复我说，甜味是为了提鲜。我知道这是自古有之的方法。最让人类上瘾满足的美味来源有三个：糖、蛋白质和胆固醇。糖对应甜味，蛋白质对应鲜味，胆固醇对应油香味。

如此一想，甜味正好能与湖鲜、河鲜的鲜相辅相成。只是我还吃不惯，尤其是每一顿都吃，总感觉嘴里缺少咸味的安抚。

永康路周围的老城区，其实很有意思，七拐八绕的支马路，就像哈密瓜

上的纹路那样复杂。我不乐意大费周章跑到景点去在人缝里看风景。

住的弄堂就是居民区，只有矮矮的两层，我住的一楼还有一个独立的小院子。傍晚回来能听见此起彼伏的电视声穿墙而入。两个人说话，彼此能听见，楼下就能听见。好也好在这股子热闹，永远有在楼下摇扇子的大妈，聚在一堂闲扯，楼上住着老两口，晚上就坐在大门口吃饭，出来进去都打个招呼。

下午没吃完的东西就留在我们自己的小院子里，晚上回来我躺在椅子上看书，看着看着却觉得不太对，我明明把骨头都收起来了，怎么汤洒得一桌子都是？在发现菜盒整个消失之后，我的心跳漏了一拍，难道有人来了？一低头发现菜盒倒在桌脚边，肉被拖了出来。原来是猫。

楼上的大爷拍拍胸脯，说隔壁屋的几个大妈连今天来了几个快递，送到谁家里都能记住，要是谁家小孩多点几次外卖，都会被议论的，除了她们自己，只有猫能横行霸道。家家门口都用小饭盒装着剩菜，专门供着这无法无天的强盗猫，毕竟弄堂里复杂老旧，就指着猫抓老鼠呢。结果伙食太好，猫反客为主，不知道抓了几只老鼠，偷肉吃倒成了一把好手。

我之前听人说过，上海晾衣服是用杆子从窗户里伸出来，晾在外面的。

这次算是第一回看见，清明难得天晴，冬天的衣服和棉被都从柜子里翻了出来，大大咧咧挂在外面。还有穿着背带西裤、打着领带，还别着领带夹的爷爷，拿着一根长杆，把衣服挂到头顶的晾衣杆上，不废风雅。

衣服到处飘扬，外面是商店也不管，是酒吧也不管，是千千万万双行人的眼睛也不管，在法国梧桐点缀的素雅街道上，家家户户的窗口伸出晾衣杆，杆上五颜六色的衣服如旗帜飘扬，毫不遮掩地享受难得的晴朗，昭告老城居民对这一片街道的占有。和北京胡同里晾衣服还有不同，上海规模更大，而且理直气壮，也别是一番风景，很有意思。

不过现在年轻人不兴这个了，路上车水马龙，不知道多少灰尘，晾了还不如不晾。我的屋子里有烘干机，哪还要晾出去呢？客厅里的投影仪，直接打在墙上，音响打开，窗帘拉上，网络稳定，冷气充足，外卖刚到，这才是

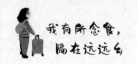

年轻人的乌托邦。

白天走街串巷，做出悲古伤今的姿态，一到晚上，我庸俗又懒惰的本性就暴露了。

晚上十一点回来，顺手打包了一碗猪肝牛肉粥，只等了二十分钟，倍感庆幸，手里提着暖烘烘的粥，深一脚浅一脚地走在路上。很多小馆子的灯都熄灭了，但是弄堂里依旧灯火通明，广东家常菜的桌子摆到了弄堂里，吵闹、亮堂，还有许多红男绿女坐在门口的长凳上等位，就好像这整个晚上都在等着他们慢慢消磨一样。

弄堂口的烟馆吱吱地冒着火光，打扮贵气的男男女女坐在塑料凳上吞云吐雾，一阵又一阵的甜腻飘散在风中。回去坐在院子里，万物静默如迷，只有我大嚼滑嫩的猪肝和牛肉片，只要我吃得够快，热量就追不上我。

走之前我在弄堂里找到一家小茶馆，有上一次吃闭门羹的教训，这次提前预约好了再赶过去。

结果位置是有了，只是在我们安静喝茶"闲扯"撸猫的两个小时里，身边娇俏"网红"大姐的快门声就没有停过，她们精力之充沛、创意之丰富、造型之多变，实在让我自愧不如。

最重要的是，茶位费够我吃四五顿饭，拍拍屁股愤而离席，我还真不舍得。

🌿 只要我吃得够快，热量就追不上我

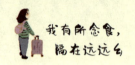

海岛猕猴和开海的尾巴

抓住开海的小尾巴，我终于回到海边。趁着五一刚刚开始休渔，市场上还剩新鲜的海货，到岛上好好弥补一下我在北方渴望海鲜的胃口。课本不能让我记住海禁的时刻表，食物可以。

岛上是一个自然保护区，海上的小世界比外面的世界慢多了，天朗气清。只有两个码头，一个军用，一个民用。码头上有几条若无其事的野狗，晃晃悠悠晒着太阳。岛主说这个岛虽是一个动物保护区，对动物来说又是险象环生的。

岛上除了村民带上来的野狗、几百只野猕猴、两条一百斤上下的蟒、几只豹猫、一头野牛，还有数不清的蛇。

岛上有自己种的菜，养的鸡和鹅，还有一口大水井。菜园有一个大棚，主要是为了防猴子偷菜。今年的野生水果是小年，猕猴的食物完全供不应求，所以只要发现吃的，一定会一抢而空，还有几个猴群四处晃荡，等着偶尔补给的玉米粒吃。去年的光景就好多了，台风不大，雨水丰沛，满山的果子，只要稍微坏一点，就被猴群丢在地上，碰也不碰。今年的猴子就要搜肠刮肚地找吃的了。

大棚里种了紫贝菜、白丝瓜，甚至还有两排玉米，挨挨挤挤，热闹一片，这里永不结束的夏天才可以孕育出品种如此繁多的菜肴。

白天在岛上随时都能看到成群的猕猴，在树林里上蹿下跳。

岛上的村民遇到过很大的蟒蛇，幸好身上有刀才得以逃脱。还有另一条不遑多让的大蛇，因为偷吃了两头小羊羔，被附近的村民抓住，送到了岛上。蟒蛇在这样的保护区里完全没有天敌，从此过上了无忧无虑的生活。过了惊蛰之后，晚上就不能出门了，最多在有灯光的地方活动，房子周围还要撒上雄黄，防止各种毒虫、毒蛇入侵。之前条件不好，有老人睡在矮矮的床铺上，被子里藏了蛇也不知道，有的时候过完一个冬天，撩开垫子才看到垫子下面满是蛇蜕，不知道与蛇共处了多久。

晚餐吃得简约却不简单，因为刚刚休渔，还有很多新鲜的海货，每一口都带着海风吹拂过后的咸香，粗粝而真实。岛上只有一个做了二十多年饭的四川厨师，做起饭来大刀阔斧。广东人坚持认为，如果你一定要吃海鲜的话，请清蒸，或者用其他的一千种方式。反正新鲜的海货怎么做都是好吃的。

我们要的是蒸马头鱼和白灼大虾、蒜蓉蒸带子、爆炒章鱼，还有一份香菇蒸鸡。

鸡是岛上历经磨难的鸡，身手敏捷，步伐矫健。躲过了猴子，躲过了蟒蛇，却最终没有躲过自己的命运，它活得有多认真，我们吃得就有多认真。鸡的味道提供底色，香菇的陪衬使寡淡的鸡味变得烟云晦明，如同雨后在海边漫步时闻到的空气一样复杂。

还有一道豆腐鱼汤，下了重重的胡椒粉，豆腐细嫩，鱼肉顺滑，汤汁浓厚，直接温暖了岛上寒冷的夜。

岛主很骄傲地说，米是超市最普通的米，两块五一斤，能做成这样很不容易，完全是靠手艺成就了颗粒分明的米粒，上面千岩万壑，裹着一层油脂的袍子，这就是夜晚发胖的罪魁祸首。

不过最让人舒服的还是一碟番薯叶，油润又清甜，吃完满桌的鱼、肉，回归朴素的青菜才是最让人满足的。

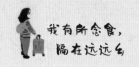

　　吃完饭之后，大家走到露台上，喝茶，吃水果。我终于吃到惦记了很久的山竹，十分快乐。山竹已经有一点过季了，显然没有清明的好吃，有的还没断生，连核都是脆的，有一点点涩，嚼起来咔吱咔吱的，别有一番风味。

　　我从小就喜欢吃山竹，不过小时候山竹很贵，我爸妈自己是舍不得吃的，只能买些回来，用牙签挑着给我吃。现在再也没有原来那么珍惜了，直接把山竹剥出来，放在小碗里，吃起来豪气干云。只是好像也没有那么深刻的好吃了。

　　那些被小时候的我装在玻璃瓶里的蝴蝶都死了，那些我想要捕捉的东西也不复存在了。我向来是个喜欢小桥流水的人。名山大川的巍峨，我很难欣赏，这么伟大壮阔的场景，还是要给志存高远的人来赞美。我格格不入，对于高山，只好仰止。

　　那天晚上吹着海风，岛主还说了好多我没听过的故事，比如说原来在老家是没有人吃螃蟹的，发大水冲上来的螃蟹被剁碎了喂猪，卖鱼的时候遇上客人讲价，就搭上一两只甲鱼，反正甲鱼也是没人吃的，顺手捞上来的而已。

　　这边的濑尿虾也是不吃的，和红薯叶一起剁碎喂猪。现在想想，猪真的好幸福。

　　黑暗的地方百鬼夜行，晚上不是散养的鸡被猴子抓走了，就是狗被蟒蛇卷走了。

　　岛主说，有一次他开着吉普车，看到了一条蛇，蛇见到他不仅不躲，反而直起身子对着他吐芯子。他说只有眼镜王蛇才能直立起这么高，等他把车开过去，却发现蛇早已踪迹全无了。还有民警晚上巡山的时候被眼镜王蛇追了一路，一溜烟冲到山下来才躲开了，从此晚上再也没有人敢出门了。到了冬天，蛇冬眠的时候就一条一条盘起来，因为岛很小，位置不够，有的直接躺在路上，只能把它们一盘一盘搬开，才能继续通车。

　　岛上还有手臂长的蜈蚣、手掌大的飞蛾，还有很多听到会两眼放光的动物。幸好这里是自然保护区，还有民警驻守，这里的动物才能过上无忧无虑

的生活。

我从小就喜欢听这样的故事，不过小时候爸爸和姑姑讲的江西农村的故事总带一丝想象力丰富的神秘色彩。

隔了十几年我爸又捡起了当年哄我睡觉用的奇异故事：上学路上在田里遇到一条大蟒蛇，站起来和他比谁更高，传说蛇发现它比猎物高就会把猎物吃掉，比猎物矮就会跑掉。有小孩在家里睡觉，结果蛇从上面垂下来，弯弯绕绕爬到小摇篮里。但是家蛇是不会伤人的，也是不能打的，最多赶出去。还有老家有个人去开了蛇餐厅，结果吃完饭之后收拾厨房，不小心碰到了吃饭之前杀的蛇头，被蛇头咬了一口就去世了。如果有假，那也都是我爸亲口说的。

坐在露台上看着海上好大的月色，浪花溅湿了沙滩上静静的月光，这样宁静的月光下却有无数昼伏夜出的动物在狂欢。

我们聊完天沿着路灯小心翼翼地走回房间里，好像刚才说的妖魔鬼怪都在黑暗中静静地看着我们。我们只能蹑足潜踪，走的还是来时的那条路。

尽量快乐的西湖之旅

　　杭州我是第二次来，两次的感觉却截然不同。

　　第一次是在秋冬之交，漫山遍野的树都披上了黄叶，尤其是从西湖到青芝坞的那段路，树影掩映了整条路。最美的地方在于枫树红了，银杏树黄了，梧桐树依旧是绿色，只是叶子和温度一起一个劲儿地向下掉。

　　这次赶在夏天最张牙舞爪的时候我和云哥一起来到杭州，有了前几天在苏州被烈日考验的前车之鉴，我们一拍即合地决定一切活动都安排在下午。倒是一顿饭都没有落下，反正我们对景点没有多少执着，只是觉得人生最大的痛苦莫过于挨饿。下午挣扎着出了门，从住处一路走到西泠印社，刻了一方印章。倒不是附庸风雅，只是我们都对西泠印社各有一些不同原因的执念。

　　我在中学的很长一段时间里，竟然难以启齿地迷恋《盗墓笔记》，说"难以启齿"是因为这样一部通俗的网络小说，曾经给我闷热、苍白，像一个水煮荷包蛋一样的学生时代，带来过一阵涤荡一切的急雨，让我在枕边痛饮过整个世界的干渴和郁闷。

　　相较于别的"经典名著"，承认这片精神废土带给过像一碗隔夜面条的我深刻的触动和执念，当然会让一个kindle里波德莱尔和博尔赫斯的阅读进度全是百分之一的人，脸色映得红于二月花。

在西泠印社的金石店里，我竟然在柜台一个不起眼的角落，看到一方刻了"盗墓笔记"的印。这让我有一点惊讶，看来我的精神废土并不荒芜，也在很多人心里和经典在某种意义上殊途同归了。

出了西泠印社，在西湖边闲逛时，我被从天而降的鸟屎砸中。云哥笑了好一阵才想起来去买纸，并且戏称这是我们在西湖边"最有味道的偶遇"，独留我在风中凌乱。

这是什么交情啊！

当然我们在西湖边的偶遇远不止于此，前一天夜里在断桥散步的时候，一阵突如其来的暴雨让原本如织的游人像一盘被打翻的珍珠，活蹦乱跳地四散了。夜晚的急雨很短暂，几分钟之后就停了下来，原本被急雨击打起千层浪的湖面又平静了下来，而且雨后终于有凉风在这座闷热的城市里抛头露面了。我们两个人衣服都湿透了，头发一绺绺耷拉在头上，兴致却一点都不减，毕竟雨下得再大也盛不满一朵花。

最妙的是，细雨迷蒙的西湖突然变得空无一人，好像只属于我们一样。"江山风月，本无常主"，这下我们这两个彻头彻尾的闲人，倒是成了这一城山色半城湖的主人。这场雨真酣畅，真是天地无私。

为了感怀天地的馈赠，我们决定在十一点多，穿着湿透的衣服，踏上去吃火锅的征程。四十分钟后，当我们气喘吁吁地走进火锅店，衣服已经被晚风吹干了。

又是恰到好处的安排。

第二天的夜晚，依旧是属于西湖的。

看着西湖的软波微微荡漾，云哥说，这叫"软波微澜"。西湖的软波是如此温柔，就像被一杯又一杯酒充斥的夜晚，酒里白条们一个猛子扎进酒里，下了一场倾盆大雨似的废话。即使到了后半夜，酒气遮掩不住的，是那双温柔的眼睛。

西湖的波涛就是那双眼睛。

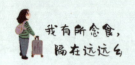

🍃 我用什么才能留住这一刻呢

说到酒，西湖就更有点酒不醉人人自醉的意味了。云哥尤其对西湖有说不清、道不明的情愫，西湖不仅是最醇厚的酒，同时也是云哥最喜爱的下酒菜。从孤山路走到白堤，从断桥走到北山街，月光一寸寸透进我们的谈话。我们谈到我们对世界的兴趣慢慢淡如水了，那些看得见的兴奋和垂涎越来越经常缺席了，但是我们也不愿意仅仅变成一双舒服的旧鞋子，不愿意走近那条地平线。只能感叹，为什么做人不能像刚拆封的小饼干一样干干脆脆？

我们一路走走停停，停停走走，在断桥上略坐片刻，驻足听听小女孩在湖边拉小提琴，一副深沉的模样。坐在断桥上，云哥对着西湖唱了一首《漂洋过海来看你》，我坐在他的背后，望着云哥圆润的后背和游来荡去的月光，心头涌上一种荒凉的感觉。直到我读了博尔赫斯的"我用什么才能留住你？我给你贫穷的街道、绝望的日落、破败郊区的月亮。 我给你一个久久地望着孤月的人的悲哀"，才似懂非懂地明白，那摇摆破碎的月光原来是我在问自己：我用什么才能留住这一刻呢？

毕竟我们的江浙行在这里就要告一段落，下次见面最快也是半年之后的事情了。云哥深思熟虑之后说，祝我们尽量快乐、尽量顺利。毕竟时时快乐和事事顺利都显而易见的不可能，尽量快乐已经是我们所能给出最真挚的祝福了。就好像对真心的朋友，我再也不会说出一帆风顺这样的祝词，能够乘风破浪就很了不起了，怎么能奢求无风无浪呢？那还算什么人生啊。

　　当然，没有逃过的话题是，回去之后要控制饮食，不能再胡吃海喝了，这几天下来我们的肉身都过于沉重了。

　　我们走在昏暗的路上，路灯投下的树影，随着我们的脚步而不断变化。我心头刚刚浮现出一种交杂着感动与不舍的情绪，还没有充分酝酿之际，云哥突然大喊一声："好香，你快闻闻是从哪里传过来的。"于是我们穿过奔流不息的车道，站在灯火通明的门口探头探脑，顺着味道到处寻觅，最终也没有找到香味的来源。只能悻悻然坐在了小龙虾店里，很克制地点了两杯啤酒，吃到一半意犹未尽，追加了一锅烤鱼。把刚刚的深沉全部忘掉，把几个小时前吃的牛排也全部忘掉。

　　夜晚要是没有一点馋人的香味的话，这个夜晚多么值得我们怜悯。

　　不愧是我们。

　　第一次来，我只感受到了西湖边的人声嘈杂与拥挤，这一次却真真切切地感受到了西湖自身的娟秀。西湖是那个平淡无奇、游人如织的景点，也是那壶偶尔才敢拿出来喝的老酒，是和别的地方别无二致的一张张照片，也是那场酣畅急雨后的微风拂面。

　　就算终于忘了，也值了。

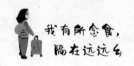

异域与大学

　　我站在都江堰的大坝上，眯着眼睛，手搭凉棚，望着波涛滚滚的岷江。风吹在脸上，我感受着四川袭人的热浪，也享受着大一暑假最后的一点闲暇。这时手机却响了，屏幕上赫然显示着学姐的短信："潇含，来了一个法国交换生，你快回来接待一下。"

　　伴随着这条短信，我的假期提前结束了。

　　不同于高中，大学里你有更多机会接触更广阔的世界。对于交换生，我高中的回忆就是：全年级唯一的德国交换生，在连续吃了五包辣条之后，就连夜被送进了医院，从此，只要面对辣条，他就面露酱色。但是即使在三线城市的大学，你也能看到上百个肤色各异的留学生，他们左手拿着煎饼卷大葱，右手拿着冰镇的珍珠奶茶，穿梭在校园的各个角落。我学的第二外语是法语，一直苦于没有语伴，而之前的法国朋友中文说得太好，因此我很担心自己的法语会有一股章丘大葱味。这次竟然在暑期末接到一个法国姐姐，我感觉自己离香榭丽舍大道、凡尔赛宫又近了一步。

　　大学是一个很神奇的地方，遥远的远方可以变得很近很近。剑桥大学有砸过牛顿脑袋的苹果树、拜伦游过泳的池塘、图灵走过的石板路。而对于像我一样平凡的人来说，大学也成为一个提升自我的好地方。在这里，每个人可以自由追逐所爱，大步迈向地平线。因此，即使我本该做一个埋头于故纸堆的研读历史的人，我也有幸能够自由探索自己喜欢的文化和语言，更重要的是还遇上了各种各样的人。在我所学的不怎么受人待见的世界史专业，不过十二个人的班上，我的学伴既有苏里南的"热带风雨"，也有肯尼亚的"自然野性"，还有俄罗斯的"冰天雪地"。而来自法国的小白，也给我的大学生活增添了一抹不同的色彩。

作为热情好客的东道主，我义不容辞地带着小白去了令济南人民骄傲的大明湖。和四川的秋老虎相比，济南的秋天分外怡人。树荫重重，夕阳西下，湖面波光粼粼，微风吹得游人醉，一派祥和之气。唯一的声响来自超然楼下，广场上大妈们正扭着秧歌，热情似火，争奇斗艳，声浪一阵高过一阵。来自法国北方小镇的姑娘——小白，哪里见过这样的阵势，以为遇到了游行示威，嗫嚅了一会儿，便扭扭捏捏地对我说，此地不宜久留，不如早早离去。等她明白这是中国的民间舞蹈，也是中老年人饭后健胃消食的活动之后，她满脸兴奋，硬是加入了声势浩大的扭秧歌的队伍。二十分钟之后，她气喘吁吁地对我说，她一定要让她外婆知道，原来老人家不用每天孤孤单单地坐在家里，可以成群结队在广场上坚守自己的爱好，甚至向他们看不上的流行文化宣战。反正不管流行文化在网上怎样红火，还没有哪一群年轻人能够占领城市夜晚的大街小巷。看着她大惊小怪的样子，我突然想到，我有多久没有好好看过这座城市了？这座小城每晚都沉浸在怎样的氛围中呢？

后来，在她有点夸张的赞叹声中，我们遇到了在竹林里吊嗓子的大爷、跳交谊舞的大妈，还有唱情歌的老嬉皮。七点钟的时候，大明湖畔的彩灯瞬间全部亮起，照亮了这座生机勃勃的城市。伴随着小白的尖叫声和相机的快门声，其实我有点骄傲，我从来没有想过，这座早被我看作沉闷、保守的城市，原来竟有这么多有趣的角落。她对我说："你知道吗？其实我很羡慕这些人，他们只做自己喜欢的事，并不在意别人的眼光，他们真的很酷！"其实，在济南的这一年，我只知道大学里教学楼到宿舍的距离，也未曾想过贴地飞行

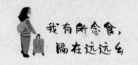

的生活是这样的。说来惭愧，要不是小白用异域的眼光看到这些美好的东西，我可能会对其一直视而不见。

在回去的公交车上，我在手机上挑选好看的照片，准备发个朋友圈证明夜晚的大明湖是多么有趣，顺便感慨一下我是如此热爱生活。小白突然对我说："你有没发现，即便是情侣出来玩耍，大家都在各自玩手机。"我愣了一下，她接着说，"在法国，我们和朋友出来玩，要么看风景，要么聊天，玩手机的话，为什么不在家里自己玩？而且我们也不用手机做这么多事，要是手机丢了怎么办？"我试图向她解释，用手机看地图很方便，手机支付便捷，让人省心，但是她又说："出来玩又不是赶路，迷路了就当看风景呗，或者跟当地人聊聊天，多悠闲啊！出来玩不就是享受在一起的时间吗？一起消磨时间不就是目的吗？"说到这里，我突然想起了六年前我十天八国的欧洲旅行，突然有点不好意思提起虽然我到过法国，但是说起法国的时候，自己只知道巴黎。我很想辩解手机让我们生活得毫不费力，但是又突然想起上一次，只身一人在北京丢了手机之后，担心微信里的钱被人洗劫一空的恐惧，又想起了同学聚会的时候，大家低头不语玩手机的尴尬。这让我的"我们都习惯这样的生活了，真的很方便"的理念未免变得有些无力。

气氛一时有点尴尬，我挑起话头："法国人超级浪漫，这是真的吗？"这是抛出话题时我惯用的法宝，因为在大多数情况下，法国人总会把脑袋摇得跟拨浪鼓似的，并认真严肃地说道："不不不，这都是假的，我们不懂浪漫。"但是小白给了我一个很具体的回答："我们的浪漫和你们的浪漫不一样，我觉得，疲惫了一天，回到家里看到一桌可口的饭菜，这很浪漫。我在异国他乡，午饭后的小憩时间，接到一通远方朋友的电话，这也很浪漫。"我脱口而出："浪漫不是闪现在埃菲尔铁塔下，夕阳西下时手里捧着一束鲜花的情侣身上吗？"小白扑哧一笑："哈哈哈，埃菲尔铁塔下的一束鲜花可以抵得上一顿大餐了，法国人才不会买呢。"随即她正色道，"你们总是喜欢说中国人不够浪漫，其实我觉得你们在生活中比我们浪漫，只是你们习以为常了。"我想了很久，我心中的浪漫，是周杰伦歌里香街的一片落叶，而不是高中时我爸每天早上给我放在床头的一杯温水，不是大学舍友帮我打的午饭，更不是我离家千里的时候，一通同在异乡的朋友的长途电话。

我总是觉得自己的生活离浪漫和美好很远很远，甚至在考上大学之后仍有一种深深的失落感。读大学之前，我生活的重心只有一个，那就是考上大学。但是考上之后呢？手足无措过后，如何面对分崩离析的憧憬？在很长时间里，我都无法给自己一个满意的回答。但是借着小白的异域目光，一切又变得不同寻常起来，身边有这么多被人羡慕的东西，而我却一直浑然不觉，想想也是挺可惜的。

后来，我和小白一起吃了很多顿饭，也看了很多风景，除了煎饼卷大葱和把子肉，对校园周围的小馆子又有了很多新的理解，看了那么多遍夕阳，却怎么也看不厌教学楼窗口的那一抹余晖。除法语指数级进步和手把手教会小白用微信支付之外，最让我快乐的是，我发现我每天的生活原来这么闪闪发光。其实不管是异域还是大学，带给我的无非是看见平凡生活本身的美好，并竭尽全力喜欢上这一切。

出版后记

　　这是时潇含第二次在中国大百科全书出版社出版作品，第一部作品是《云在青天水在瓶》，在第二部《我有所念食，隔在远远乡》即将出版之际，她的第三部作品已经交稿。时潇含的文字对于读者来说并不陌生，在出版图书之前，她已经在很多报刊、杂志上发表文章。

　　初读她的作品，轻盈不肤浅，灵动有深度，有着与她的实际年龄并不相符的成熟与稳重。时潇含走过很多地方，对风物人情、四方食事有着敏锐的感受，而她的文字，并不是纯粹的记录，更承载了思想与立场。这对于还在校的大学生来说，是非常难得的。时潇含继承了"文人好饕"的传统，从生活中发现点滴的美，需要慧眼，而"食"与"文"相得益彰，则需要有情、有趣、有声、有色。

　　从时潇含的文字，我们看到了这位年轻的作者，从独特的角度，写出了她对于生活、人生的理解，她还年轻，我相信，假以时日，会有更多惊喜带给读者。

刘国辉

中国大百科全书出版社社长